IL ÉTAIT UNE FOIS LE DISCO

© 2024, Sandrine Lamarelle

Avec la collaboration de Murielle Neveux,
Mémoire et portrait
memoireetportrait.com

Image de couverture : Pixabay

Édition : BoD - Books on Demand GmbH, In de Tarpen 42, 22848 Norderstedt (Allemagne)
Impression : Libri Plureos GmbH, Friedensallee 273, 22763 Hamburg (Allemagne)

ISBN : 978-2-3225-5770-7

Dépôt légal : Octobre 2024

SANDRINE LAMARELLE

IL ÉTAIT UNE FOIS LE DISCO

La boîte de nuit

Devant la porte d'entrée de la boîte de nuit, de luxueuses voitures déposaient des célébrités. Des barrières de police contenaient la masse des anonymes le long du trottoir. Dès qu'une star arrivait, la foule s'agitait, déferlant sur la clôture métallique comme une vague venant s'échouer sur un rocher.

Soudain, en tête de file, des cris ! L'arrière se soulevait, essayant de hisser son regard au-dessus du flot de personnes. Sur la pointe des pieds, on se rehaussait de plusieurs centimètres. Le mécontentement gagnait les esprits, la vue était gâchée par ceux de devant. Pour ne rien rater, on poussait les gêneurs. Mais très vite, on mesurait la distance à parcourir. Peine perdue. Alors on reprenait sa place en espérant arriver au plus vite à l'entrée.

La foule s'étirait à nouveau, sage en apparence…

La musique s'échappant par intermittence de la discothèque agissait comme un aimant, une attraction plus puissante que les nombreux fans à satisfaire !

La plupart des célébrités s'empressaient de disparaître, sans un regard en direction de la foule. Mais parfois, une étoile filante se fendait d'un demi-sourire ou d'une main rapidement tendue. D'un bout à l'autre de la queue, l'information passait. Son nom était repris par des dizaines de voix. Une fièvre contagieuse se répandait car même des stars américaines avaient fait le voyage ! Et chacun en son for intérieur se réjouissait à l'idée de participer à cette nuit si particulière.

La foule compacte avançait à petits pas, gagnée par une émulation fraternelle. « Les étoiles plein les yeux », on se félicitait à voix haute avec ses voisins. Des relations se créaient, exprimant la joie et l'espoir de vivre la même expérience. Le droit d'entrer dans la boîte de nuit la plus célèbre de Paris n'était en effet pas donné à tous. Ce sésame, il fallait le gagner !

Certains n'avaient plus besoin de se mêler à la foule des anonymes. D'un pas assuré, ils se dirigeaient vers l'entrée sans se soucier de leurs anciens semblables. On s'interrogeait :

« Mais qui sont-ils ? »

Des langues se déliaient, l'information circulait.

« Ce sont des tricheurs, de sales profiteurs ! »

Les réactions ne se faisaient pas attendre, ils se faisaient siffler ou huer. Indifférents, les privilégiés se dépêchaient eux aussi, sans jeter un regard sur les mécontents de plus en plus nombreux :

« Et en plus, ils se prennent pour des stars ! »

« Ils doivent attendre, comme tout le monde ! »

« Tricheurs ! »

Des critiques acerbes se faisaient entendre. La foule pensait en esprit de corps dans un intérêt commun, unie contre l'injustice ! La frustration montait d'un cran et les esprits s'échauffaient en s'interrogeant :

« Mais comment ont-ils fait ? »

Quelques injures fusaient mais elles étaient vite étouffées par des supliques surgissant de part et d'autre. De nombreuses voix s'élevaient de la foule, implorant :

« S'il vous plaît, je peux entrer avec vous ? »

Certains étaient directs dans leurs formulations :

« C'est quoi, la combine, pour entrer ? »

La générosité avait ses limites… Il ne fallait pas déplaire à Macha, la physionomiste, et risquer de se faire refouler à l'entrée par la faute d'un de ces individus. C'est elle qui filtrait les entrées, elle avait à ses ordres plusieurs vigiles prompts à lui obéir.

Surtout, ne pas montrer la moindre fébrilité mais une assurance aussi parfaite que son look. Entrer dans cet endroit unique où l'on pouvait côtoyer stars et mannequins était un privilège.

Celui qui ne possédait pas la beauté ou la jeunesse devait faire preuve d'une grande imagination pour se transformer en un personnage spectaculaire. L'originalité était de mise, l'outrance était admise. Dionysos, le dieu grec de la fête, semblait être ressuscité en cette grande époque du disco, où étaient tombées toutes les barrières du bon goût. On se croyait au carnaval de Rio, tant l'exubérance vestimentaire avait envahi les rues.

Seulement, peu importait si une personne avait réussi, par le passé, à franchir toutes les étapes grâce à son look. Il se pouvait que, ce soir, elle soit refoulée comme un vulgaire novice, alors même qu'elle avait déjà réussi cet exploit : entrer au Grand Théâtre, dans la boîte la plus déjantée de la capitale !

Entre espoir et désillusion, chacun faisait mine de connaître le sort qui l'attendait. D'un regard, on étudiait les chances de ses voisins, plutôt que les siennes. On parlait en catimini :

« Regarde, celle-ci avec le chapeau à voilette, aucune chance, elle n'est pas dans le thème. »

« T'as vu le type en costard ? Trop ringard ! »

« La vieille passera pas, trop vieille ! »

Le troupeau avançait lentement. Par prudence, les candidats ravalaient leurs mauvaises langues alors qu'approchait leur tour d'être jugés par la gardienne de la porte d'entrée.

Macha se tenait à côté de deux vigiles. En fonction de l'ambiance qu'elle avait envie de créer ce soir-là, elle choisissait une association complexe de genres pour faire de cette fête, comme des précédentes, une réussite.

La garante des nuits les plus folles de Paris portait loin son regard dans la foule. Elle semblait fouiller dans la marée humaine à la recherche de ceux qui sortaient du lot, mais ce n'était qu'une impression trompeuse. De près, on remarquait que ses yeux portaient plus haut mais surtout plus loin que l'agitation ambiante, comme si elle s'adressait à l'invisible. Pourtant, au passage des uns et des autres, sans la moindre hésitation, elle tranchait ! Tous, ou presque, savaient en la regardant que leur sort allait se jouer en quelques secondes. Avec toujours un minimum de mots, Macha triait sèchement sans s'émouvoir de séparer des amis, des couples. C'est sans aucune pitié qu'elle décidait. Un oui pouvait laisser place à la formule si redoutée :

« Désolée, pas ce soir ! »

Le verdict était pour chacun incompréhensible, tant il semblait lié au hasard…

Il était toujours surprenant de se retrouver subitement séparé de ses comparses, même pour ceux qui étaient habitués à cette loterie du hasard. Abandonner sans état d'âme ceux qui avaient échoué à plaire à la redoutable vestale des lieux était chose impossible. Ceux de la bande qui n'avaient rien obtenu d'elle émettaient des objections émues. La prêtresse de la nuit daignait alors baisser les yeux sur eux et embrasser d'un regard la troupe. La plupart du temps, elle revenait sur sa décision, mais parfois, intransigeante, sans autre explication qu'un mouvement de tête en direction des vigiles, le groupe comprenait qu'il était inutile d'insister sous peine de devoir s'expliquer plus abruptement avec plusieurs colosses.

La foule avançait, sans laisser le temps aux déchus de s'indigner, qui savaient que personne ne prendrait leur défense, ni n'émettrait le moindre jugement sur la décision arbitraire de Macha. Tout le monde redoutait d'être abandonné, comme eux, sur le trottoir.

De temps en temps, Macha arrêtait son tri, inspectait la route devant elle et, semblant attendre l'arrivée d'une star, s'approchait de ses gorilles pour leur parler. De longues minutes passaient, durant lesquelles les gens se pressaient les uns contre les autres, en râlant de devoir attendre, qui ou quoi, personne ne pouvait le dire ! Pourtant, lorsque la célébrité arrivait, Macha ne se préoccupait pas d'elle. L'absurdité faisait partie de son originalité et l'on mettait volontiers son comportement fantasque sur le compte d'une science de la fête. Rien ne pouvait entacher sa popularité, tout le monde la considérait comme un être d'exception ayant pour unique devise le sens de la fête, et tant pis pour les recalés, ils feraient mieux la prochaine fois.

Macha arborait ses cheveux blonds comme la crinière d'un lion. Elle portait un body aux impressions léopard car ce soir, le thème était « né pour être sauvage ». Dans la foule, elle choisirait les plus déchaînés, car l'énergie de la jeunesse lui évoquait la fureur du roi des animaux, le lion ! Ce soir, des bêtes sauvages danseraient jusqu'au bout de la nuit !

Ce thème, « né pour être sauvage », avait donné lieu à différentes interprétations. Une ménagerie de lion, tigre, chats mâle et femelle côtoyait des motards en perfecto sans manches. Les biceps en avant, ils reluquaient des filles en habits de cuir. Moulées dans différentes peaux noires, robes fuseaux, pantalons, bustiers, celles-ci minaudaient entre elles. Devant un tel choix de mâles et de marchandise offerte, elles se livraient à des commentaires et parlaient des atouts masculins en se donnant des airs de dominatrices. Passés au crible, peu d'hommes échappaient à la critique. Elles n'en retenaient qu'un seul, et le même, le plus beau du lot ! Chacune avait pour but de le séduire afin de remporter ce trophée masculin, et supplanter ainsi ses rivales féminines.

Des Indiens coiffés de plumes et des punks hérissés de crêtes iroquoises se dressaient au-dessus des têtes. Dédaignant les vulgaires déguisements d'un soir, les punks se refusaient à regarder autour d'eux, ignorant ces Indiens qui leur faisaient concurrence ainsi que leurs ennemis, les cow-boys affublés de chapeaux et munis de ridicules faux colts à la ceinture. On pouvait être un anarchiste punk et rêver d'entrer dans la boîte de nuit la plus mythique de Paris ! L'important était de prouver à tous sa non-appartenance et, surtout, de rester fidèle à son idéologie, en se donnant des airs de rebelle. Toutefois, mépriser l'ordre établi tout en étant coincé dans une file d'attente était une gageure, d'où un certain dédain affiché en se regroupant entre soi !

Les femmes s'étaient tout particulièrement prêtées au jeu de la rébellion ; afin de paraître sexuellement libérées, elles avaient voulu montrer leur animalité en dévoilant certaines parties de leur anatomie. Elles avaient déchiré leurs collants avec leurs mains, leurs dents ou, plus raisonnablement, une paire de ciseaux. Et avec une lame de rasoir, elles avaient tailladé leur t-shirt, laissant entrevoir la forme d'un sein ou des deux. Des jupes, des robes, des jeans avaient été pareillement troués.

« Né pour être sauvage » avait donné à certains l'envie de détruire les codes vestimentaires. Un homme eut l'idée de réduire en lambeaux sa panoplie d'employé modèle. Son complet, sa cravate étaient passés par la broyeuse à documents ; il n'avait pas mis de chaussures et ses pieds étaient sales. Son aspect était aussi effrayant que ridicule ! On aurait dit un épouvantail, largué sur ce trottoir depuis son bureau. Ses mollets blancs étaient deux poteaux devenus inutiles mais il tenait une mallette intacte. Ce vestige en bonne forme de son ancienne vie donnait l'impression d'une chute involontaire. D'ailleurs, il en jouait. Il observait, mutique, d'un air égaré, avec des yeux ahuris, le cercle distant qui s'était créé autour de lui. Indifférent en apparence, il ne semblait entendre ni les commentaires, ni les rires. Même les félicitations ne paraissaient pas le toucher. Socialement exclu, trop peut-être ?

Allait-il entrer ainsi ou pas ? Les spéculations le concernant étaient passionnées. Outsider ou gagnant à coup sûr, il ne laissait personne insensible !

L'ancien théâtre, rebaptisé pompeusement Grand Théâtre, accueillerait ce soir encore plus de cinq cents personnes. Le lieu était à présent un mélange surprenant de sons et lumières dans un décor rococo datant du XVIIIe siècle, très suranné. C'était, à l'intérieur, une débauche de luxe voyant. Sur les murs, aucune surface n'était laissée vierge. Les parois du fond étaient tapissées de velours d'un rouge profond, amplifiant la préciosité du bois doré des balustrades.

Les sièges des balcons sur deux étages ainsi que les cloisons des loges avaient disparu. Le premier niveau tenait de lieu de passage et de poste d'observation. « Les oiseaux de nuit » aimaient se reposer là en s'adossant à la rambarde. Du haut de ce perchoir, ils observaient les mouvements des danseurs, cherchant la ou les particularités de ceux qui n'attendaient que de se faire remarquer.

Le disco était devenu un phénomène réunissant la planète entière autour de ces seules préoccupations : faire la fête et danser. Peu importait la religion, l'origine ou le statut social ! Les films consacrés à ce courant avaient produit de nombreux adeptes. Sur la piste, à la grande joie du public, des chorégraphies, reprises ou inventées, étaient souvent exécutées ; les amateurs y étaient admis aux côtés des acrobates les plus doués. Au milieu de toute cette agitation, parmi les centaines d'anonymes, un observateur attentif avait parfois la chance de repérer une star en train de se déhancher…

Le dernier étage n'était pas accessible. La rumeur parlait de lieux de rencontres réservés à des privilégiés ; on disait que des chambres étaient à leur disposition. On racontait aussi qu'un fantôme hantait les lieux, le spectre d'un acteur célèbre du XIXe siècle qui se serait pendu à cet étage. À en croire certains, on testait là-haut de nouvelles technologies, comme des appareils à infrarouge et même des lunettes spéciales permettant de voir à travers les vêtements, parmi d'autres légendes…

Le lieu était chargé d'histoires et se prêtait aisément aux conjectures, d'autant qu'il était garni de tableaux anciens, illustrant les divertissements d'un monde imaginaire. Des centaines de peintures murales dépeignaient des scènes de plaisir, soulignées par des teintes tendres et délicates. Le plafond à la forme elliptique représentait des héros mythiques entourés d'angelots survolant un jardin luxuriant habité par des personnages légèrement vêtus, alanguis dans l'herbe. Les tonalités pastel donnaient à ces scènes libertines un aspect évanescent, une impression de grâce surnaturelle, suggérant l'image d'un paradis. De multiples peintures montraient des dieux partageant avec des humains la même envie charnelle ; même la végétation friponnait avec des chérubins célestes dans une mêlée de feuillages débordant de vie. Le long de la balustrade, sur deux étages, une surenchère de fleurs, coquillages, fruits et rubans se chevauchait, formant des courbes asymétriques sur chaque balustre. L'œil était flatté jusqu'à l'écœurement ! Le Grand Théâtre ressemblait à un gâteau, dégoulinant de chantilly, de sucre glace et de praline.

Ce paradis désuet était à présent confronté à la modernité. Des jeux de lumière faisaient apparaître, par intermittence, cette comédie du XVIIIe siècle. Dans l'ombre des anciennes loges, les personnages resurgissaient sous l'effet de couleurs artificielles, comme s'ils étaient la proie d'un projectionniste atteint de folie ou ignorant le fonctionnement de son appareil. Ces images du passé faisaient des bonds dans le présent. On aurait dit que les figures tentaient de rejoindre les fêtards du XXe siècle, avant de s'évanouir pour laisser la place à d'autres illustrations de ce bonheur suranné. Ces images disparaissaient quasi instantanément, comme si elles étaient incapables de suivre le rythme de la musique, plus rapide que celui d'un cœur humain - cent vingt battements par minute - celui de la musique disco.

Des lasers intelligents créaient des formes géométriques aux couleurs variées, cercles, rectangles, éclipses, rails et filins se déplaçaient sur de grands espaces. Parfois, un jeu de lumière emprisonnait un groupe de danseurs, aussitôt conquis par cette apparition comme venue du cosmos.

Au milieu du public s'accomplissait un art nouveau, fait de mouvement perpétuel, un art libéré, loin des contraintes habituelles. C'était tout le théâtre qui était maintenant en représentation, et dans cette mise en scène générale, les jeux des lumières mobiles offraient un spectacle saisissant. Ces nouvelles prouesses technologiques donnaient une autre dimension à l'espace. Dans cet univers en perpétuelle mutation, les puissants faisceaux lumineux s'alignaient en suivant le rythme fou du DJ. La cadence était intense et ne faiblissait jamais. Des stroboscopes entraient en action, lançant des flashs blancs par saccades, créant des effets de ralenti et découpant les mouvements. Lasers, lampes à filament, soucoupes rotatives, araignées à huit bras… : ils faisaient tous partie du spectacle, sans oublier l'incontournable boule à facettes ! Ces machines prodigieuses étaient comme des acteurs lancés dans un jeu époustouflant, elles donnaient dans la démesure afin de susciter l'engouement général.

Il fallait un metteur en scène à cette machinerie ! Et aux platines, le maître de cérémonie était un homme sans limite, qui jusqu'au bout de la nuit allait chanter, crier et danser : DJ Manu Cavas était une célébrité. Sous sa coupe, des bruitages improbables se mêlaient aux tubes disco, des percussions improvisées heurtaient des airs d'opéra, apportant une touche de décadence. Puis, c'était un rythme soul puissant qui s'élevait, avant que ne retombe, d'un seul coup, la pression. Alors, les danseurs se voyaient saisis dans les mailles du magicien de la nuit, qui possédait leurs plaisirs comme Dionysos, le dieu de la fête !

DJ Manu donnerait encore son âme ce soir avec la passion qui le caractérisait, suivant sa devise :

« La fête a besoin d'être violente afin de vaincre la timidité ! »

Venu d'Amérique latine, il avait compris qu'il fallait réchauffer la froideur des Parisiens. Tout le rythme de son pays, toute la culture de la musique de son continent, il les avait emportés avec lui. Son personnage, ses vêtements, son style et sa façon d'être s'accordaient parfaitement avec l'exubérance exigée par la mode du disco. Il sentait son public comme s'il s'agissait d'un partenaire sexuel. Il ralentissait ou accélérait un morceau, opérait des sursauts, des arrêts brusques, des reprises suivant les émotions qui montaient de la piste de danse. Il semblait ne faire qu'un avec le public. C'était une histoire d'amour entre eux, de partage et d'excitation commune.

La piste de danse était débarrassée des anciens fauteuils en velours rouge où jadis étaient sagement assis les spectateurs de pièces de théâtre classiques. Nulle trace désormais de ce passé - excepté l'ancien parquet en bois massif, ce vaillant dignitaire du siècle des Lumières qui paraissait battre la mesure avec les milliers de pieds dont il absorbait les chocs...

L'aspirante à la célébrité !

Un dard brûlant la réveilla. À demi-consciente, elle cligna des yeux. L'air était suffocant, une chaleur de plomb faisait peser lourdement le drap qui la recouvrait. D'un geste nerveux, elle le repoussa. Une lumière intrusive l'empêchait de replonger dans le sommeil. L'esprit embrouillé, elle distingua une masse d'or en suspension. Un métal chaud avait envahi l'espace.

« Est-ce un rêve ? » se demanda Nathalie.

Des sensations très désagréables lui firent prendre conscience d'une première réalité : elle était couchée dans son lit. Cependant, elle ne saisissait pas son environnement. Quelle pouvait être la raison d'un tel phénomène ? Les murs de sa chambre ondulaient et les pieds de son lit se soulevaient. Tout autour d'elle semblait devenu immatériel ! La jeune femme pensa que cet univers parallèle ne pouvait être qu'un mauvais rêve.

Heureusement, le carrousel perdit de sa vitesse, permettant peu à peu aux objets de reprendre leurs places habituelles. Les meubles se repositionnèrent, comme les pensées de la jeune femme, qui put enfin reconnaître sa chambre et se sentir rassurée. Elle vit son fauteuil et son canapé deux places, recouverts du même tissu râpé, dont le rouge d'origine s'était étiolé jusqu'à perdre tout éclat. Elle aperçut le tapis usé jusqu'à la trame ; un jaune maladif prenait le pas sur les anciens motifs. Ces meubles tombés en décrépitude avaient servi à d'autres avant elle, à des inconnus qui les avaient abandonnés sur le trottoir juste après Noël. Elle les avait récupérés, faute de mieux. La « mauvaise forme » de ces objets domestiques lui rappelait son état à elle. Peut-être était-ce le signe d'une maladie dont elle ignorait la cause ?

« Je suis bonne pour la casse, comme eux ! » pensa-t-elle avec effroi.

Un étourdissement la saisit. Elle résista.

« Non, je ne ressemble pas à ces vieux meubles, je suis jeune ! »

Nathalie préféra oublier son mal de tête mais surtout la sensation poisseuse sur son épiderme.

Assise sur son lit, elle aperçut la table basse recouverte de saletés. Fâchée, elle examina les dizaines d'empreintes de doigts sur la surface vitrée recouverte de cendres grises.

« Mais qui donc a mis un tel bazar ? »

Quantité de mégots, écrasés comme des vis molles, enfoncés les uns sur les autres dans le cendrier, formaient une pyramide prête à se rompre. Une odeur âcre s'en échappait.

« Mais qui a fait ça ? se demanda-t-elle. Quel est l'idiot… ? »

Et soudain, à la vue des différentes marques de paquets de cigarettes froissés, des visages émergèrent dans son esprit, suivis des rires de chacun.

L'ambiance avait été bonne, les deux garçons présents avaient enchaîné les blagues. Des canettes de bière et de coca, des verres vides au pied de la table basse lui permirent de reconstituer la soirée de la veille. La fête s'était finie très tard et sans doute, ils étaient partis au petit matin…

« Une gueule de bois, ce n'est rien, ça va passer ! » se rassura la jeune femme.

Les souvenirs continuèrent à lui revenir. Elle revit son amie Annette avec les deux garçons, Pascal, et Fabrice peut-être ? À cet instant, elle était incapable de fournir de plus amples efforts de mémoire…

En se levant, la jeune femme regretta son erreur. Elle n'avait pas complètement fermé les volets la veille, laissant la chaleur envahir l'espace.

« Saloperie de soleil ! » s'exclama-t-elle.

À cette heure de la journée, en ce mois d'août, le soleil régnait en maître. Nathalie se maudit de ne pas avoir prévu cet adversaire redoutable.

Un « putain de merde » sortit de sa bouche.

Elle se leva en injuriant l'été. L'hiver était préférable… Les gens étaient pressés alors et révélaient leur vrai visage ! Ils ne faisaient plus semblant d'être heureux comme à la belle saison, ils redevenaient ce qu'ils avaient toujours été, de mauvaise humeur et indifférents aux êtres et aux choses. Mais surtout, le soleil pâle de l'hiver n'aurait pas franchi sa fenêtre, si bien que rien, absolument rien, n'aurait pu lui rappeler qu'elle gâchait sa vie jour après jour. Ces réveils estivaux qui se succédaient avaient le même goût. Ils ranimaient sa culpabilité.

Elle saisit son paquet de cigarettes en se dirigeant dans sa cuisine. Une fumée âcre descendit dans sa gorge. Ce plaisir rugueux coutumier évacua ses remords. Elle s'assit sur l'une des deux chaises à sa disposition, hors d'usage. Des tiges de paille s'échappaient de l'assise des sièges, qui avaient eux aussi échoué sur un trottoir.

Ses mains se cramponnèrent à sa tasse de café, dont la chaleur, telle une présence bienveillante, lui évoqua un autre plaisir. C'était vendredi aujourd'hui, il suffisait d'attendre quelques heures et la nuit précédant le week-end tomberait, annonçant la fin de tous les soucis de la semaine.

Soudain, une crainte surgit du fond de sa conscience : y avait-il eu un foutu rendez-vous qui s'était mal passé ? Et si oui, avec qui ? Les ennuis pouvaient s'accumuler et de temps en temps, il fallait y penser !

Réfléchir à d'éventuelles représailles n'était pas sa priorité mais les tiges de paille sous ses fesses l'empêchaient de fuir dans le liquide chaud de son café.

« Putain de chaise ! Elle va finir par me laisser tranquille, cette salope ? »

Injurier la cause de ses tourments lui fit oublier, l'espace d'un instant, la voix de Madame Praz.

Car tout à coup, dans le silence de sa cuisine, cette voix lui était revenue aux oreilles. Elle lui avait semblé inamicale.

« Est-il possible que Madame Praz ne m'ait pas crue ? » se demanda la jeune femme.

Pourtant, elle lui avait paru compréhensive. Alors pourquoi résonnait dans sa tête un écho semblable à la vision de son évier en inox, gris et froid ?

Aussitôt, une nouvelle crainte surgit ! Un interlocuteur pire encore que cette femme se matérialisa dans son esprit en chair et en os : le propriétaire de son studio. Cet homme la dégoûtait physiquement. Il habitait l'immeuble en face. Elle le soupçonnait de voyeurisme, caché derrière des rideaux, muni d'une paire de jumelles. Cette semaine, ce vieux chnoque avait cru bon de lui expliquer le sens de la vie, encore une fois, une fois de trop ! Elle ne le supportait plus. Il lui rabâchait toujours les mêmes choses : il avait mis du temps à trouver sa voie mais ensuite, il avait décidé de se prendre en main, il avait travaillé dur et c'est ainsi qu'il avait pu investir dans l'immobilier, etc., etc. Et il poursuivait : il n'exigeait pas les arriérés de loyer, pour une unique raison, il voyait en elle les mêmes aptitudes que lui-même possédait à son âge ; il consentait à lui laisser sa chance car il ne voulait pas qu'elle tombe dans la rue, un endroit dangereux ; ils avaient une grande différence d'âge mais le cœur était le même et ça, c'était le plus important…

Ses palabres sans fin étaient exaspérants. Et quel homme minable, pour réclamer en se glorifiant le loyer de ce studio aux murs lézardés.

« Que croit-il celui-là ?! pensa la jeune femme. Il ne va pas me virer si rapidement. »

Elle avait décelé en lui toutes les frustrations d'une vie dénuée de plaisirs.

« Ce vieux doit être amoureux de moi ! » se dit-elle.

Et à cette pensée, le personnage la répugna davantage.

« Ce grand-père dégoûtant pense-t-il réellement me séduire lorsqu'il me raconte sa vie ? »

À l'en croire, ses anciens amis et sa famille l'avaient tous laissé tomber car ils étaient jaloux de lui.

« Mais bon ! se raisonna-t-elle, je suis obligée de l'écouter déblatérer sinon il va se fâcher et exiger de moi les loyers en retard. »

Nathalie savait bien que les hommes mentaient, à tous les âges, d'une façon ou d'une autre ! Mais les vantardises de celui-là étaient immondes ; dans son regard, elle avait vu son désir, son envie de la posséder lorsqu'il avait plongé ses yeux dans les siens comme dans un bain de jouvence.

« Qu'il continue donc son numéro de charme, ce vieux saligaud ! fulmina la jeune femme. Je ne paierai pas ses loyers, déjà que je dois me laisser regarder par ses yeux suppliants de chien battu. C'est du boulot, ça mérite un salaire ! »

Cet homme avare qui, jour après jour, avait compté le moindre sou s'entendait si bien avec son argent que les autres n'avaient eu aucune importance dans sa vie, jusqu'à sa rencontre avec la jeune femme, devenue son obsession. Et s'il avait économisé cet argent, c'était pour elle, pour la sauver de ce monde de pourris ! Elle lui avait confié qu'elle n'avait ni ami ni famille.

Sa vieillesse était arrivée subitement, à la suite d'une bronchite aiguë. La maladie lui avait fait comprendre qu'il était seul. Alors que personne ne se souciait de son état, Nathalie avait régulièrement pris de ses nouvelles. Elle était même allée lui chercher des médicaments à la pharmacie. Certes, elle avait oublié de lui rendre la monnaie. Il n'avait rien dit car il ne s'agissait que de quelques piécettes et c'était un moindre mal !

D'autres personnages défilèrent dans sa tête.

Nathalie les chassa tous de son esprit, sauf Madame Praz. Elle occupait la première place, indétrônable. La jeune femme se remémorait son face-à-face avec sa conseillère de l'Assedic.

« Vingt minutes de retard ! Mais que puis-je craindre de cette vache proche de la retraite, se rassura Nathalie, elle n'a sûrement plus envie de faire du zèle, d'autant plus qu'elle est amorphe ! N'ai-je pas joué à la perfection ce jour-là, en faisant mine d'être paniquée ? »

Les images lui revinrent, sa course, son air essoufflé ! Et tous en l'entendant avaient affiché un visage soucieux… Tous, sauf Madame Praz !

Pourtant, elle lui avait bien expliqué l'accident ; elle se remémora ses mots :

« Je me trouvais à l'avant du bus, un cycliste a déboulé de nulle part, le chauffeur n'a pas pu l'éviter et j'ai dû rester en tant que témoin pour le procès-verbal. Je n'ai pas pu faire autrement ! »

Madame Praz n'avait rien répondu. Nathalie avait donc poursuivi en espérant réveiller les sentiments de la fonctionnaire :

« Je suis encore sous le choc, les cris des gens dans le bus, l'homme à terre ! »

Mais toujours ce silence froid, l'obligeant à apporter davantage de détails :

« Un instant, j'ai cru qu'il était tordu, enfin, je veux dire le vélo, le vélo tordu et lui, mort ! »

Hélas, elle s'était un peu embrouillée dans ses explications.

« Mais, heureusement, il était sain et sauf… C'était l'horreur ! »

Et à ce moment du récit, Nathalie était convaincue de

l'indifférence de son interlocutrice, et s'en était indignée. Cette femme ne trouvait-elle pas qu'il y avait là matière à compatir ? N'éprouvait-elle aucune espèce de sentiment pour autrui ? Il fallait plaindre les gens, tous, y compris elle ! Et surtout, approuver son geste civique !

Avec une exagération théâtrale, elle avait vainement essayé de réveiller une émotion sur le visage qui lui faisait face, en plaignant longuement le conducteur au volant d'un si grand engin ainsi que le propriétaire du vélo, une cible vulnérable… Dans le flot de ses mots, elle s'était crue au cœur même de l'action, prête à défendre sa bonne conduite et celle du chauffeur qui, par la faute d'un cycliste, l'avait mise en retard. La jeune femme avait fini par croire elle-même à ses mensonges, comme une brodeuse experte qui, de point en point, finissait par créer un motif bien précis. Mais devant la figure figée de Madame Praz, elle avait terminé sa tirade par :

« C'est la vie. »

Cette lamentable conclusion avait aussitôt éradiqué toute possibilité de vie dans le bus. Tout le monde s'effaça et il ne resta qu'un grand vide entre elle et sa conseillère.

Madame Praz lui avait ensuite demandé où en étaient ses recherches d'emploi, sans aborder la situation tragique qu'elle venait de revivre dans son bureau. Puis, sans même attendre sa réponse, elle lui avait demandé la raison de son absence à un entretien d'embauche. La jeune femme s'était troublée, un instant. Elle était encore en prise avec sa mise en scène. Physiquement présente dans un bus, à côté d'un chauffeur qui n'avait jamais existé. Heureusement, elle avait su atterrir rapidement car il s'agissait de faire encore une fois appel à toutes ses ressources. Aussitôt, elle avait inventé une nouvelle mésaventure en pensant au vieux chnoque, son proprio. Elle avait ponctué ses phrases de quelques blancs, pour montrer sa gêne d'avoir à avouer une telle chose. Elle avait expliqué le déroulé désastreux et pénible du premier contact téléphonique en exprimant son embarras :

« Entre femmes, je peux vous l'avouer, l'homme au téléphone m'a demandé mon âge, mon poids, et jusqu'à la couleur de mes yeux ainsi que celle de mes cheveux ! Hélas, surprise par ce questionnaire inapproprié, je lui ai donné toutes ces informations et je l'ai regretté aussitôt, et ensuite, je n'ai pas osé aller au rendez-vous, ni le rappeler par téléphone. »

Toute à son récit, Nathalie avait fini par se convaincre de la mauvaise conduite de cet homme, semblable au propriétaire de son logement. L'image vague d'un papier où étaient inscrits le nom et le numéro de téléphone à contacter au plus vite lui était revenue en mémoire, à l'instant où elle avait fini d'un air outré le récit de sa mésaventure.

Madame Praz n'avait rien répondu, et Nathalie s'était contentée de ce silence, trop heureuse de s'en tirer à si bon compte.

Puis, le mardi, que s'était-il passé ? Et le mercredi, le jeudi ?

Le passé défilait comme un canevas compliqué où s'entremêlaient des situations plus ou moins graves suivant les personnes impliquées et les mots, surtout, que ces personnes avaient prononcés. Il fallait, avec chacune d'elles, déterminer si les ennuis étaient imminents ou si les problèmes viendraient plus tard, auquel cas il était inutile d'y prêter attention à présent.

Soudain, dans ce déprimant capharnaüm mental, le visage

sympathique du docteur Pevrin lui apparut. Elle se souvint avec précision des objets qui se trouvaient sur son bureau, la pile d'ordonnances vierges bien rangée dans une petite boîte cerclée d'or, et le stylo de couleur noire. Nathalie s'était penchée vers la main du docteur, et avait effleuré le stylo de son index avant que le patricien le saisisse, en lui disant :

« C'est un beau stylo, il vous va bien ! »

Il avait souri, sans doute flatté par le compliment. Nathalie avait été soulagée lorsqu'elle avait vu écrit le mot attendu : « Lexomil » !

Elle aurait pu abréger l'entretien mais il lui semblait que le médecin avait accédé trop facilement à sa demande. Or, elle avait tenu à marquer son esprit durablement afin que les prochains rendez-vous ne soient qu'une répétition de celui-là. Et quoi de mieux pour pérenniser cette prescription que lui faire part de son souhait de s'insérer dans la société, en devenant une personne active et responsable avec un emploi ? Le médecin ne pouvait être que convaincu par ses mots :

« Une amie dépressive a été soulagée et a même réussi à décrocher un job en étant complètement à l'aise, plus aucune angoisse ! C'est mon souhait à moi aussi, sortir de ma dépression et enfin retrouver un travail, comme tout le monde. »

Elle avait alors enchaîné sur le thème de la confiance tout en flattant le médecin, car elle connaissait son point faible : son diplôme était ostensiblement accroché au mur, dans un cadre doré, au sein d'une pièce à l'aspect précieux, où chaque objet était rangé selon une méthodologie parfaite. Rien ne semblait devoir perturber l'ordre des choses et son rôle à lui était de réparer le moindre dérèglement, de soigner la maladie avec efficacité.

Elle avait insisté. Ses explications devaient atteindre la corde sensible de son interlocuteur :

« Je vous fais confiance, je veux à tout prix décrocher un emploi. Pour cela, il faut que je sache maîtriser mes angoisses, hélas, je n'y arrive pas pour l'instant. »

Nathalie avait un peu bégayé, perdu des mots intentionnellement, avant d'enchaîner :

« Bien sûr, je suis contre l'abus de médicaments, mais comment faire autrement ? »

Jamais, avait-elle ajouté, elle n'aurait pensé se retrouver sans emploi à seulement dix-neuf ans ! Enfin, elle avait abordé la partie de sa vie qui ne pouvait qu'attendrir le généraliste, confortablement installé derrière son bureau :

« Je n'ai aucun soutien, de personne. Être jeune et dépressive, est-ce impardonnable ? On me dit, "Vous avez deux bras et deux jambes, alors pourquoi allez-vous mal ?" » Ou alors on me traite de fainéante, mais c'est faux ! Je demande juste un peu de temps, une écoute et ensuite, j'aurai assez de force, je serai comme tout le monde avec des envies et des projets… »

À ce moment-là, comme il le ferait les fois suivantes, le docteur l'avait interrompue en s'excusant, il avait un autre rendez-vous…

Nathalie alla chercher son sac à main, d'où elle extirpa la boîte de médicaments. Elle saisit une tablette déjà entamée et avala une pastille rose.

En l'espace de vingt minutes, toutes ses inquiétudes se dissipèrent.

Un rêve… Elle flottait dans un liquide amniotique, sans ressentir le moindre choc, comme un embryon au sommet de sa forme. Son corps et son esprit étaient plongés dans une vie aquatique hors de portée de l'attraction terrestre. Dans un mirage, lui revinrent des fragments de visages entremêlés et des mots flottants. Elle vit Madame Praz s'agiter d'une manière ridicule.

« Tiens ! pensa Nathalie, elle bouge plus qu'à son habitude, c'est tellement drôle ! »

Avec un sourire de marbre coincé et suspendu à ses deux joues comme sur un masque de carnaval, elle se moqua d'elle…

La jeune femme se réveilla devant une émission de télévision. Elle n'avait aucun souvenir d'avoir allumé le poste. Il était 16 heures et son estomac lui réclama aussitôt de la nourriture. D'un geste machinal, elle ouvrit le frigo et ne s'étonna pas de le trouver vide. Une crampe lui ordonna d'ouvrir ses placards. Elle obéit, tout en sachant qu'ils ne contenaient presque rien. Une odeur d'huile rance s'échappa, en même temps qu'apparurent un sachet de pâtes au plastique grisâtre, un paquet de riz gondolé, un pot de moutarde d'un jaune figé et quelques assiettes ébréchées. Les étiquettes effilochées sur les boîtes de conserve de petits pois et de haricots verts achevèrent de la déprimer. Elle crut les entendre :

« Depuis combien de temps n'as-tu pas ouvert et rangé tes placards ? »

Le reproche de ces aliments abandonnés à leur triste sort n'était toutefois pas comparable à ce qu'elle allait devoir affronter afin de calmer sa faim : sortir en plein jour…

Le triomphe du mois d'août l'avait surprise au pied du lit, et c'est seulement à ce moment-là qu'elle avait réalisé que l'hiver appartenait au passé. Ce soleil moralisateur dardant une intraitable luminosité avait réveillé sa conscience.

Le monde s'animait tout à coup d'une force solaire qui la rejetait sur les pentes désolantes du questionnement : les mois précédents, mai, juin, juillet, avaient existé, mais où étaient-ils passés ?

Inexorablement, août était arrivé avec son pire ennemi, le soleil !

Le temps passé ne pouvait se rattraper, c'était un juge intransigeant et ils étaient nombreux ceux qui, pendant tous ces mois, s'étaient activés à des tâches utiles pour la société, et ils s'y attelaient encore, cette après-midi même !

En clignant des yeux comme une marmotte effrayée sortant de son trou, elle mesura la distance à parcourir avant de pénétrer chez le vieil Italien, l'épicier.

Le trajet parut durer une éternité et la honte semblait la réduire à la taille d'un insecte. D'ailleurs, elle était un insecte de la catégorie des « nuisibles ». Une bête malfaisante à éradiquer, insalubre pour la bonne société des fruits et des légumes. Ces sales bestioles ne s'attachaient qu'à détruire ce que bonne mère nature produisait avec l'aide des humains. Ces ravageurs de cultures n'étaient rien car un seul pas suffisait pour en écraser une bonne dizaine. De plus, on pouvait faire appel à la science, à ses progrès chimiques afin de les anéantir définitivement de la surface de la terre.

Nathalie se souvenait encore du cours de sciences naturelles donné par Madame Despiche et de la honte qu'elle avait ressentie ce jour-là. Il lui avait semblé qu'elle correspondait à une espèce précise dessinée sur une planche à l'écart des autres. Elle avait compris que même si elle possédait une carapace humaine dépourvue de mandibules, d'antennes et de pattes, elle était de la même espèce, celle des inutiles ! Elle était ce cancre au fond de la classe, un cancrelat !

Depuis ce cours, la peur d'être inutile était restée en elle. Une frayeur insidieuse qui la désignerait à la vindicte populaire comme une incapable, une nuisible pour la société diurne qui, à heures fixes, prenait le bus ou la voiture ou encore se rendait à pied dans des bureaux, des banques, des salons de coiffure, des restaurants, dans des endroits, enfin, où chacun se pliait avec aisance et facilité au rôle qui lui avait été assigné depuis les bancs de l'école primaire. Nathalie n'avait jamais compris quelle route prendre, ni la raison qui faisait que l'on était accepté ou non dans la grande messe active et productive du genre humain.

Les années passant, elle s'était persuadée que ses professeurs lui avaient octroyé quelques bonnes notes par pure pitié. De classe en classe, les mêmes blâmes avaient été écrits sur des feuilles volantes et dans ses cahiers : « Pas assez assidue », « Manque de constance », « Pourrait mieux faire ! ».

La vraie nature humaine était cette foule bien éduquée qui parfois, selon les époques, effectuait de grands massacres en vue de se débarrasser d'individus nuisibles. Et s'il prenait à cette foule l'envie de la désigner un jour, en la pointant du doigt, elle ne serait pas surprise car la société avait ses propres lois. C'était dans l'ordre des choses, logique et implacable !

Son destin avait été verbalisé à haute voix, devant toute la classe : « Vous n'arriverez à rien ! », « Vos notes reflètent votre vraie personnalité », etc. Paroles cruelles, certainement, mais tout à fait en accord avec ses résultats.

Et pour finir, peu importait l'enveloppe avec laquelle on accédait à la vie, qu'elle soit à plumes, poils, écailles ou derme, il ressortait toujours de cet atlas animalier que c'était l'homme qui décidait de classer les espèces par souci de productivité pour le bien commun de tous.

De ce jour, après ce cours et ce nouveau savoir acquis, Nathalie n'avait plus jamais été la même. Elle s'était aussitôt sentie misérable dans sa peau fragile d'insecte qui, à tout moment, pouvait être repéré par des adultes qui, en connaissance de cause et par prévention, seraient dans l'obligation de l'éradiquer. Plus elle avait avancé en âge, plus elle avait vu l'échéance se rapprocher. Ses résultats scolaires étaient désastreux, elle avait fini par comprendre qu'elle ne réussirait pas à obtenir de bonnes notes lui permettant de se faire accepter comme futur élément fiable et constructif.

Qu'arrivait-il à ceux qui échouaient ? On ne les écrasait tout de même pas sous une chaussure, évidemment ! Il semblait à Nathalie, sans qu'elle n'ait jamais osé poser la question, qu'on les écartait de cette société génératrice et solidaire. On avait éduqué dans les écoles des éléments futurs et pris du temps à cette œuvre durant des années ; des professeurs avaient investi dans ces petits cerveaux afin qu'ils deviennent des membres actifs qui, à leur tour, prendraient le relais et deviendraient des banquiers, des maîtresses d'école, des charcutiers, des postiers et des professeurs. Autant d'emplois que de gens potentiellement dangereux.

Le lundi était pour elle un jour redouté, il sonnait le glas de son inutilité sur terre. Il sonnait l'avènement de cinq jours consécutifs de labeur. Ce jour mettait mécaniquement en route les bonnes personnes productrices, il marquait la différence, il séparait définitivement le bon grain de l'ivraie.

La peur lui donna de l'élan pour les quelques mètres qui

lui restaient à parcourir avant de se sentir en sécurité, à l'abri derrière les murs de l'épicerie. Par chance, elle n'avait pas que des ennemis. Le vieil épicier de son quartier lui semblait inoffensif, il paraissait apprécier sa venue. Il l'accueillait toujours avec un grand sourire, comme si elle était une bonne personne. Sauf ce jour-là, où il se plaignit de la chaleur et ne souriait plus.

Nathalie ressortit de son magasin avec un stock de barres de chocolat, deux boîtes de biscuits, un paquet de chips et deux pommes, qu'elle avait achetées pour se donner bonne conscience.

La canicule de ce mois d'août était apparue soudainement et une cuite généralisée avait pris possession de toutes les espèces vivantes. Mêmes les rares arbres bordant la rue semblaient regretter leur feuillage fourni. Leurs feuilles vertes pendaient lamentablement dans cette atmosphère de bitume surchauffé. Un âcre relent de goudron avait envahi l'air et les voitures qui circulaient finissaient par corrompre la moindre parcelle de fraîcheur. La chaleur s'était emparée des corps, et il suffisait de quelques pas pour ressentir de l'inconfort. Les organismes perdaient leur élasticité, les jambes devenaient deux plombs en marche, et une sueur collante s'infiltrait sous les vêtements finissant par transformer le moindre effort en un travail de forçat.

Un despote, haut dans le ciel et omnipotent, avait pris le contrôle de l'humeur de tous les humains. Nathalie se réjouit de cette aversion généralisée. Elle se sentit appartenir à une espèce, l'espèce humaine, aux prises avec un adversaire inatteignable. Ce soleil en fusion lui donna soudain de l'élan, elle se sentit aussi aérienne qu'un papillon, munie de deux ailes tourbillonnant dans la fournaise. Elle fut aspirée par l'astre solaire dans un de ses rayons lumineux. C'était un rêve, une libération physique et le monde semblait être à genoux tandis qu'elle profitait de son ascension céleste à l'égal d'un papillon, cet élégant et admirable insecte !

Elle décida de faire un détour chez le marchand de journaux et de tabac. À la vue de la mine déconfite du buraliste, crevant de chaud devant un ventilateur inefficace à le soulager, elle se sentit gonflée d'une confiance à toute épreuve et elle en profita pour s'acheter plusieurs paquets de bonbons.

Nathalie récupérait la légèreté de ses dix-neuf ans, le temps comme les saisons n'avait plus d'importance, elle était immortelle ! Ragaillardie, elle rentra chez elle, dans son appartement de deux pièces qu'elle occupait depuis un peu plus d'un an.

À dix-sept ans, elle avait quitté le foyer familial en sachant que sa mère ne la retiendrait pas. Son père ne lui avait laissé aucun souvenir, il était décédé à ses quatre ans. Disparu comme un courant d'air et on avait fermé la porte pour, semble-t-il, ne plus laisser entrer grand monde ! La fillette avait simplement entendu à son sujet :

« À son âge, c'est rare, un infarctus ! »

Et c'était tout. Elle n'avait pas osé poser de questions à sa mère. Quelquefois, la nuit, des pleurs très discrets dans la chambre où il ne restait de son père qu'un portrait posé sur la table de chevet, et le matin, aucune trace de larme. Sans mari, la veuve s'était retranchée dans le silence. Un ennui morne et long s'était installé à la place du défunt.

Et puis, soudain avaient surgi du vide les images d'un

monde meilleur sur un écran de cinéma, John Travolta dans *La Fièvre du samedi soir*. La planète entière s'était alors levée avec la même envie de faire la fête. Le disco avait envahi le monde ! Tous les week-ends, les travailleurs disciplinés mettaient au rancart leur panoplie de parfaits employés pour se travestir en acteurs du divertissement. Aussitôt, l'adolescente avait compris que c'était la voie à suivre. Après plusieurs séances au cinéma, elle avait appris les chorégraphies et décidé de quitter sa petite ville du nord de la France pour rejoindre Paris, l'une des grandes capitales du disco, et entrer dans cette grande communauté de la danse. Quitter l'ennui, enfin ! et surtout la vie de sa mère, et l'obsession de cette dernière pour l'économie et la propreté. Son rêve, être comme Alex dans *Flashdance*, faire partie d'une communauté au sein d'une école de danse, où tous les membres étaient unis par la même passion…

Une partie des économies maternelles avait échappé au livret d'épargne, sa mère n'ayant pas tout à fait confiance en son conseiller bancaire à cause de sa mise négligée. Nathalie avait rédigé un mot, et justifié son forfait avec une logique implacable. Calculant le montant sur un an des repas et des autres dépenses liées à sa charge, elle avait démontré à sa génitrice que son vol n'était qu'un juste revenu compensant les économies qu'elle réaliserait grâce à son départ. Elle avait ajouté qu'elle ferait un bon usage de cet argent et que dans le cas contraire, elle assumerait ses erreurs. Il était inutile de la chercher car elle était presque majeure et avait décidé de réussir dans la vie. Elle la contacterait une fois accomplie, mais pas avant !

Dans la capitale, où son rêve de gloire s'était confronté à

la réalité, elle avait rapidement compris que ce film mettant en scène un groupe d'amis formidables était un leurre pour les esprits naïfs. Elle s'était aussitôt consolée en devenant un papillon de nuit ; éperdument attirée par la musique disco des boîtes, elle était devenue étanche à toute préoccupation diurne. La recherche du bonheur était sa priorité et faire la fête, sa devise !

La joie était nocturne et durait jusqu'au petit matin.

Les réveils étaient brutaux, ils surprenaient ces « beaux coléoptères » brisant leurs ailes !

Fini la danse, la musique sans aucun avertissement cessait, des néons aux lumières crues décimaient en quelques secondes les derniers mirages de la nuit.

Alors apparaissait une société en décomposition ! Les masques tombaient, un vide s'installait laissant voir les visages des fêtards creusés par la fatigue, l'alcool et les autres drogues. Cette lumière agressive révélait les défauts physiques. Cependant, on essayait encore de se donner des airs joyeux ! L'heure de la fermeture illustrait la fin de toutes les illusions, la piste de danse devenait le miroir de la misère humaine. Nombreux étaient ceux qui titubaient.

Une fin de vie, à laquelle personne ne pouvait échapper.

Dans les derniers miasmes de l'obscurité avant le lever du jour, des groupes se formaient sur les trottoirs de la capitale. Avec une joie feinte, ils s'appliquaient tous à cacher leur tristesse. Nombreuses étaient les plaisanteries suivies de rires bruyants jusqu'à ce qu'ils se disent « à la prochaine », sans y croire. Parfois, ils finissaient la soirée chez l'un ou l'autre. Le plus souvent, pour ne pas plonger dans leur vide intérieur, la décision d'aller prendre un verre emportait l'unanimité.

Sans grand enthousiasme, dans le petit matin blême, le long de rues presque désertes, la morne troupe avançait pareille à des exilés chassés d'une terre prospère, et finissait attablée dans un café quelconque, en sirotant paresseusement un dernier verre tout en dépensant ses dernières énergies à faire des phrases de plus en plus plates, entrecoupées de silences. La vérité n'est jamais bonne à dire, et si chacun s'était inventé des atouts pour se donner de l'importance et montrer sa joie d'exister, rien n'aurait été plus affligeant que de révéler sa petite âme triste à ses compagnons de virée nocturne.

Depuis qu'elle était à Paris, tous les week-ends, Nathalie était au rendez-vous. Souvent, son amie Annette l'accompagnait.

Il était plus de 22 heures, la métamorphose de Nathalie pouvait commencer !

Une musique disco sortait d'un transistor à cassette. Place au rituel ! Devant les portes ouvertes de son armoire, elle choisissait ses vêtements pour aller en boîte.

« Ne suis-je pas la meilleure représentante du disco ? Je sais parfaitement m'habiller à la mode », pensa fièrement la jeune femme.

Le rose, le vert et l'orange fluo inondaient ses placards. Elle se vit dans le miroir, contente de ressembler à une friandise ! Elle s'examinait sous toutes les coutures en s'adressant à voix haute à un personnage invisible :

« Ce soir, tu craqueras pour moi ! Et aucune autre fille ne comptera pour toi ! Je te rendrai fou, mais ils se retourneront tous sur moi, alors tu espéreras un regard de moi ! Je serai la reine du disco ! »

La jeune provinciale n'avait pas tout à fait renoncé à ses

rêves de gloire et le meilleur endroit pour se faire remarquer était cette célèbre discothèque qui attirait tout le gotha parisien.

Nathalie se dévissait le cou afin de vérifier la cambrure de ses reins. Elle décida de mettre une ceinture stretch placée haut, qui serait sa meilleure alliée pour révéler la finesse de sa taille.

Elle s'adressait à ses vêtements comme à des êtres vivants. Plus que des amis, ils étaient des complices unis dans le même projet, la rendre unique ! « Toi, je te veux pas », « Toi, peut-être », « Toi, tu me plais »…

Nathalie sentit l'attraction d'un pantalon fuseau coincé sous une pile de t-shirts aux couleurs criardes. Choisit un body léopard.

Enfin satisfaite !

Elle se roula un joint…

La première bouffée était toujours désagréable, elle avait la consistance d'un tabac épais et râpeux, s'accrochant le long de sa gorge, mais lorsqu'il descendait dans ses poumons, elle se sentait envahie par un sentiment de paix et d'harmonie. Une odeur de fleurs rance emplit la pièce.

Un trouble vaporeux jeta une nouvelle lumière dans sa chambre, elle était dans le décor du magicien d'Oz, des ombres se dessinaient sur le plafond et créaient un décor psychédélique. Couchée sur son lit, elle suivit ces dessins des yeux et se vit danser.

Ce soir était un jour particulier car elle allait rencontrer celui qui changerait son destin. Encore fallait-il bien choisir sa paire de chaussures afin de ne pas louper cette rencontre ! Les talons hauts s'imposaient, ils la grandiraient et ainsi elle dépasserait largement le mètre quatre-vingt. À l'égal d'un mannequin, de ces femmes qui ne ressemblaient pas à des gamines…

Sa silhouette était celle d'une adolescente qui avait grandi trop vite. Sa croissance tout en longueur lui avait valu de nombreuses moqueries. Cette silhouette filiforme était barrée par deux pièces de charpente trop larges ; les épaules et les bras qui s'y rattachaient semblaient sortir du corps. Disharmonieux à la vue, ses membres, bras et jambes, renforçaient l'idée d'une croissance accélérée. Elle était comme une construction anachronique, décalée, hors du temps, et il était difficile de lui donner un âge. Son visage n'était pas tout à fait ovale car elle possédait encore des joues d'enfant, rondes et pleines. Le regard d'un bleu innocent était en contradiction avec la bouche d'un rose soutenu et lorsqu'elle souriait, deux petites canines pointues apparaissaient, évoquant un certain plaisir cruel !

Il ne lui restait plus qu'à se maquiller et à se coiffer, elle choisit pour cela un air de Donna Summer, *Hot stuff*, et sur « *Baby tonight, I want a hot stuff* », elle dansa devant le petit miroir au-dessus du lavabo de la salle de bains tout en choisissant un fard à paupières bleu, pareil à la couleur de ses yeux. Puis, elle allongea la courbe de ses cils d'un mascara noir, appliqua sur ses lèvres un rose fluo. Et pour finir, elle exécuta un savant brushing en créant des mèches torsadées à la façon des héroïnes de séries américaines. Ses longs cheveux châtain clair se gonflèrent.

Hélas ! Une fois de plus, elle irait seule ! Annette était à nouveau amoureuse alors les deux jeunes femmes se voyaient moins. Toutefois, ce n'était pas la raison que son amie avait avancée ce jour-là : elle travaillait le lendemain. Quant à Lisa, Nathalie ne lui avait même pas proposé de l'accompagner car elle refusait presque toujours, préférant les pubs anglais importés en France. Il y avait bien Marie-Claire qui, de temps en temps, désobéissait à ses parents, chez qui elle habitait, mais ce soir, elle ne pouvait pas. Décidément, la France n'était pas l'Amérique d'Axel ! La vie excitante dans une école de danse, entourée par de nombreux amis la conseillant pour sa carrière, n'existait pas ! Le rêve appartenait aux Américains comme les amitiés indéfectibles ! Nathalie voulut se rassurer :

« C'est peut-être mieux de sortir seule, pour rencontrer une célébrité ! »

Elle finit par se persuader qu'il valait mieux côtoyer des gens ayant le même goût pour la fête le temps d'une soirée. Impossible d'être déçue ainsi !

Néanmoins, il existait des histoires extraordinaires et même si elles étaient plus nombreuses dans le pays de tous les possibles, l'Amérique, elle avait tout de même une chance, car elle aussi était grande, son mètre quatre-vingt en talons plats faisait la différence !

La jeune femme marcha d'un pas décidé jusqu'à la station. Le bus ne tarda pas à arriver, heureusement, car il lui avait semblé que ces quelques minutes d'attente avaient duré une éternité.

Le grand couturier

Des dizaines de miroirs étaient placés le long des murs, jusque dans les recoins les plus reculés de l'atelier. Ils lui permettaient d'espionner son entourage et lui donnaient l'impression qu'il avait le contrôle sur tout, comme s'il avait le don d'ubiquité. Certains étaient sur roulettes et personne d'autre que Baste n'avait le droit de les déplacer. Cela faisait partie des règles à suivre !

Munies de bracelets porte-épingles, des couturières s'activaient autour d'une femme en robe. Une cadence parfaite rythmait leurs mouvements, les tiges pointues étaient saisies prestement les unes après les autres. Au bout des doigts, les épingles s'assouplissaient, les pointes se perdaient dans le tissu, traçant des coutures droites, des courbes concaves, convexes ou opposées. Sans la moindre anicroche dans leurs multiples allers-retours, les « petites mains » travaillaient vite ! Les couturières parlaient très peu entre elles. Aucune ne voulait prendre le risque de commettre une erreur. Baste pouvait démasquer dans chacun de leurs gestes la faute à venir, car il possédait un autre don, la précognition. Dans son esprit, les modèles défilaient en 3 D de face comme de dos.

Entièrement absorbé par les dernières retouches, Baste ressentait une impatience mêlée d'excitation. Son euphorie était si grande qu'il lui semblait communiquer avec la femme qui portait son œuvre en cours d'achèvement. Un désir charnel le saisissait lorsque les épingles piquaient le tissu de la robe. Alors, il attribuait des réflexions à son modèle au visage impassible. Un excès de zèle lui faisait croire qu'elle le considérait à cet instant comme le plus grand créateur de mode au monde ! Ce soliloque valorisant lui permettait de chasser ses doutes avant le court moment de grâce, où une décharge d'adrénaline provoquait en lui la conviction que son œuvre était parfaite !

Il percevait à peine l'agitation autour de lui. Pourtant, lorsqu'une de ses couturières n'effectuait pas le bon geste, le regard du « maître d'œuvre » pointait immédiatement deux dards sur la fautive. La remontrance faite, celle-ci reprenait sa tâche, rattrapant rapidement son retard.

La pression était palpable. Baste les surveillait toutes. Elles le craignent, malgré leur grand savoir-faire ! Travailler sous ses ordres était cependant un honneur car il faisait partie des créateurs les plus célèbres du monde ; le pire aurait été de chuter de l'Olympe ! Une épée de Damoclès pesait sur toutes les têtes. Les rédactrices de mode les plus influentes étaient des femmes de pouvoir. Un seul article défavorable pouvait ruiner toute une collection, et transformer plusieurs mois de travail acharné en un simple objet de risée.

Un grand désordre régnait dans l'atelier, témoignant de l'ébullition artistique. La longue table au centre de la pièce était encombrée de rouleaux de tissus, de rubans, de fils, de ciseaux. Tout cela se chevauchait et se bousculait sur les dizaines de miroirs, qui réfléchissaient la multitude de couleurs formant un saisissant contraste avec les mannequins coutures d'un beige inerte. Certains étaient déjà habillés de vêtements luxueux et d'autres laissaient voir des parties ridiculement nues. Comme des machines en colère, les fers à repasser crachaient bruyamment leurs vapeurs avant de lisser docilement les tissus. L'atelier était une serre humide et chaude en constante mutation, où devaient germer des espèces rares et précieuses.

Une femme liane aux cheveux noirs torsadés sur un cou altier se tenait droite comme une statue hiératique, dépassant tout le monde de sa très grande taille. Sans le moindre tressaillement, comme figée dans le marbre, elle supportait l'agitation qui l'entourait sans même un battement de cils pour trahir son humanité. Les couturières s'agitaient autour d'elle, effectuant les derniers ajustements.

Le grand couturier restait silencieux, ce qui faisait craindre le pire ! Néanmoins, ses employées savaient qu'il était juste et qu'il ne les oublierait pas. Il parlerait d'elles comme des membres de sa famille. Dans les journaux ou devant les caméras, il penserait à celles qui participaient à sa réussite. Et contrairement à ses confrères qui ne citaient jamais les « petites mains », lui se montrerait reconnaissant, car, comme il aimait le répéter :

« Sans elles, je ne suis rien, elles sont comme ma famille, je leur dois ma réussite. »

L'alchimie entre les différents corps de métier devait être totale, de la première main débutante à la première d'atelier, de la seconde main qualifiée à la seconde d'atelier, en passant par les modélistes, tailleurs, couturiers et stylistes. Comme dans une ruche bruissant d'activité, les intervenants se relayaient dans les différentes étapes, dans le but ultime de satisfaire l'élite mondiale et son besoin de luxe. Le luxe devait être inouï et refléter la grandeur de la société obligée de se tenir au firmament de la création humaine.

Un grand couturier était forcément sollicité en permanence. Comme des étoiles en sursis, les femmes étaient particulièrement vulnérables. La jeunesse était un atout majeur, et, hélas, les années passant présageaient la mise au rebut ! Insidieusement, cette relégation se produisait alors que les événements avaient cessé de s'enchaîner, et que, peu à peu, une certaine distance sociale s'était imposée. L'anonymat était souvent un aller simple vers l'oubli le plus total ! Il devenait impossible de fréquenter les mêmes personnes.

Habituées à être des objets de désir, ces fleurs à l'épiderme « imputrescible » avaient recours à la chirurgie esthétique, au maquillage et à toutes sortes d'astuces. Éternellement jeunes sur les photos des magazines ! Pas un seul des artisans ayant contribué à l'élaboration de ces chefs-d'œuvre féminins n'était mentionné. La nature avait bien travaillé ! Certaines avouaient une petite modification, juste un léger complexe à faire disparaître. Chronos, le dieu grec du temps muni de ses instruments, bistouri, scalpel et pinces, avait fait de la vieillesse une jeunesse éternelle ! L'illusion rapportait des millions ainsi que des rêves de gloire et de richesse. Ce rêve d'éternité faisait naître d'éternelles vocations ! Combien d'hommes et de femmes rêvaient de gloire ou plus simplement désiraient ressembler à une star immortelle ? Des millions, peut-être des milliards ? !

Approcher de près ou de loin l'une des étoiles au firmament de la célébrité était un rêve inaccessible sauf pour les plus chanceux, dont faisaient partie les hommes et les femmes qui travaillaient pour la maison de haute couture Fardin. Ceux-là étaient habitués à côtoyer chaque jour les matières les plus luxueuses, les étoffes les plus précieuses comme le Batiste de coton, la laine de Vucana, ou la soie du mûrier tandis que l'or pouvait être utilisé comme fil pour la broderie. Des pierres précieuses, des plumes d'oiseaux rares et autres marchandises tout aussi onéreuses étaient répertoriées et classées par centaines dans des coffrets. La zibeline, le vison, le chinchilla et autres créatures indispensables à cet artisanat faisaient partie de l'environnement. Peu importaient les moyens utilisés lorsque l'on travaillait sous les ordres de Baste Nikolao !

Lorsque ces employés rentraient chez eux, fatigués de leur journée de travail, soulagés d'avoir terminé, ils ne pouvaient oublier les préoccupations qui les avaient hantés dans l'atelier. Ils étaient absents, même entourés de leurs familles ou amis. Et même quand ils reprenaient leurs rôles de parents, de conjoints, ils rêvaient en secret de l'univers qu'ils avaient quitté quelques heures plus tôt, et s'impatientaient en pensant à ce qu'ils avaient dû laisser en plan.

Ensemble, ils formaient une espèce humaine spéciale ; séparés, ils se sentaient démunis. Travailler dans l'atelier de haute couture de Baste, c'était appartenir à une secte magique au service des plus grandes stars, ces êtres de lumière qui s'invitaient même dans le salon familial. Devant les images d'un film, une envie irrésistible faisait irruption. La fiction se mêlait à leur existence ! L'excitation montait alors qu'il fallait se taire, attendre le lendemain afin de partager ce moment car hélas, ils n'étaient pas au travail, avec leurs collègues. Jusque dans leurs rêves, la réalité de leur quotidien leur échappait, ils se laissaient souvent emporter dans d'extraordinaires visions ou d'affreux cauchemars en lien avec un univers fantasmagorique, celui de la démesure ! Leurs vies « ordinaires » les ennuyaient. Songer à remplir le frigo, penser à un menu, écouter son enfant, son conjoint ou ses amis parler d'un sujet banal… tout cela semblait inintéressant. Secrètement, ils se réjouissaient à l'idée de retourner travailler.

Cependant, au fil des mois, les ressources physiques et mentales s'épuisaient. La délivrance portait un nom : la Fashion Week ! Ensuite, très rapidement, il fallait se remettre à l'ouvrage afin de satisfaire le rêve des plus riches clients, pour que jaillisse de ces âmes éteintes par l'argent, la lumière qui faisait briller leurs yeux blasés.

Baste Nikolao avait mis en place un rituel lors du premier jour de la Fashion Week. Chaque année, ses invités privilégiés s'amusaient de ce qu'ils considéraient comme une marque d'attention à leur égard. Ils étaient plongés dans le noir le plus complet, puis, sans le moindre hasard, un projecteur éclairait une femme parmi eux, dévoilant un sourire ou une main tendue en train de saluer.

« Pourquoi elle ? ! »

Certains se permettaient de critiquer l'élue du jour tout en masquant leurs propos par des sourires, car le projecteur pouvait à tout moment les saisir. La distraction n'était pas de mise car Baste éclairait en général plusieurs cibles avant de faire son choix. Enfin, deux faisceaux lumineux éclairaient la scène, signalant le début du show.

Sur le podium, les mannequins défilaient… Habillées de voiles cachant leur nudité grâce à une construction savante, elles semblaient marcher en apesanteur. Arrivaient à leur suite d'autres femmes dont les vêtements en crêpe de soie dévoilaient à chaque pas leurs longues jambes fuselées. Elles étaient suivies par des silhouettes plus rigides. Enfermées dans des robes étroites, celles-là avançaient avec un précieux coffret. Elles portaient un corset remontant leurs seins bien au-dessus du cœur, comme deux fruits prêts à jaillir hors de leur prison satinée. À chaque pas, ils se soulevaient, semblant se délivrer de leur carcan. Attentifs, les spectateurs attendaient leur délivrance, qui semblait inévitable…

Sa force créatrice à lui avait été d'avoir, le premier, osé transgresser les lois du genre. Baste avait délaissé les codes vestimentaires millénaires et inversé les rôles. Sous sa coupe, des hommes défilaient habillés de robes, outrageusement maquillés, tandis que des femmes guerrières tenaient en laisse des mâles aux muscles puissants. Devant ces scènes suggérant la pratique du sadomasochisme, les yeux de la plupart des invités triés sur le volet brillaient d'un éclat nouveau !

Susciter le désir charnel en utilisant les stéréotypes de la pornographie n'avait pas été une mince affaire. Comment plaire, en effet, à cette clientèle sans la compromettre, sinon en transformant les basses besognes sexuelles en un art visuel ? L'élite, pourtant rompue à toutes sortes d'écarts, avait toujours refusé de se lier ouvertement à l'industrie pornographique, qu'elle laissait aux couches prolétariennes. Baste Nikolao l'avait bien compris, c'est pourquoi il avait sublimé le genre, afin de le rendre accessible à cette société du paraître.

Le succès avait été immédiat !

Dieux et déesses du sexe défilaient, le regard luisant de khôl, les bouches rouge vif, ils incarnaient l'ivresse perpétuelle ! Rejeton moderne de Dionysos, Baste n'hésitait pas non plus à mêler le profane au sacré… Une créature s'arrêtait quelques secondes au milieu de l'estrade et se tournait face à l'assistance. Elle portait une couronne d'épines, et quelques taches de sang luisaient sur son front. Elle était habillée d'une tunique romaine, qui dévoilait ses cuisses noires parcourues de lacets d'or, et chaussée d'espadrilles. Les hommes dans la salle étaient conquis, et certaines femmes également !

Quand l'excitation était à son comble, Baste savait que ce carburant ne pouvait plus que tarir. L'instigateur de cette fièvre générale faisait alors entrer en scène un dernier tableau. Un monde onirique apparaissait, comme surgi d'un conte de fées avec ses personnages emblématiques. L'artiste de tous les excès s'était donné pour mission d'éveiller la part d'enfance éteinte de ses riches clients. Instinctivement, il avait compris que la perte de cette innocence enfantine avait gommé chez eux toute possibilité d'émerveillement. Les projeter dans ce passé oublié sans qu'ils aient besoin de faire le moindre effort de mémoire était un défi majeur. Pour mener à bien ce projet, Bastien avait décidé de donner dans le gigantisme. Les coiffures comme les tenues étaient colossales. Les mannequins sur des chaussures échasses enjambaient l'espace, ils semblaient débarquer d'une autre planète où toutes les limites et les dimensions humaines n'existaient plus. Ces êtres d'exception laissaient ensuite la place à des femmes habillées de velours boisseaux et profonds. Coiffées de feuillages aux teintes vertes et brunes tressés en couronnes pharaoniques, celles-là défilaient comme les arbres d'une forêt en marche, souveraines d'une terre cachée aux multiples connexions.

Les apparitions magiques se succédaient… jusqu'au final, avec la traditionnelle robe de mariée !

Baste le rebelle était plus en phase avec le profane que le sacré. La tradition du mariage devenait pour lui un moyen de faire passer un message personnel à l'institution religieuse, c'était lui, à présent, qui définissait les codes ! Toujours accompagnée d'une musique de Wagner, la mariée devait être trash ! Elle s'avançait lentement coiffée d'un haut chignon entouré de fil de barbelé, et, le visage comme blanchi à la chaux, elle ne montrait aucune émotion. Sa robe était blanche tandis que sa longue traîne était un camaïeu de gris sale. Ses lèvres étaient noires et lorsque le créateur de sa tenue mortuaire allait la rejoindre pour le final, elle gardait son air glacial, selon la consigne. Le public la regardait avec indifférence. Pour l'assistance, un mariage n'était qu'une formalité ennuyeuse sauf quand il s'agissait de l'union de deux célébrités fêtées en grande pompe !

Deux fois par an, le maître de la haute couture devait donner une nouvelle dimension à son spectacle. Élever son imaginaire un cran plus haut, se perfectionner encore dans la mise en scène car rien n'était jamais gagné dans le monde féroce de la haute couture.

Au premier rang étaient assis les plus riches, les plus influents, ils se suivaient par ordre de grandeur sociale. Être ou ne pas être à la bonne place dans la rangée des sièges.

Durant plus d'une heure trente, Baste devait revitaliser l'âme sèche de ces enfants gâtés. Toutes les couches de vernis glacé devaient se fendre assez pour qu'ils acceptent de se lever de leurs sièges en applaudissant à tout rompre le « maître d'œuvre ».

Avant ce moment de consécration, Baste sentait parfois la crainte l'envahir. S'il venait à échouer, il s'écroulerait. Subir l'échec aux yeux de la planète entière était comme être condamné au bannissement. Il ne pouvait prétendre être un des leurs s'il ne parvenait plus à les satisfaire.

La crainte de sa chute était si grande que Baste, pour ne pas penser à ce précipice qui s'ouvrait à ses pieds, travaillait jusqu'à l'épuisement. Le défilé de la première Fashion Week se tenait à la mi-janvier, et le deuxième fin juin. Après ces dates tant redoutées, il pouvait enfin profiter de son succès, sans toutefois relâcher totalement la pression. Contenter sa riche clientèle demandait des sacrifices et c'était avec le sens du devoir à accomplir que le couturier fêtait ces évènements ! Ces rendez-vous semestriels se devaient d'être incontournables, et pour ce faire, il fallait séduire pendant le défilé mais aussi après ! Il fallait rivaliser sur le podium, faire rêver sans que jamais la moindre contrariété ne puisse troubler l'image d'un bonheur parfait. La préparation d'un tel événement demandait d'innombrables heures de travail ; quand les mannequins défilaient sur le podium, imperturbables, le maître veillait avec anxiété jusqu'au final, où il apparaissait sous les ovations d'un public trié sur le volet. Ensuite, il fallait encore s'assurer que « l'after » soit à la hauteur du couronnement. La fête devait rivaliser avec celles qu'organisaient les autres grands de la couture, pour que chaque participant puisse se vanter d'avoir choisi, parmi le vivier de créateurs, la perle qui lui avait offert une suite de moments de grâce, et qui lui avait permis, aussi, de paraître à son avantage, parmi les siens !

Cette société d'apparences n'acceptait pas les trouble-fête, surjouer le contentement était un art à apprendre par cœur. Si certains n'y parvenaient pas, malgré les verres d'alcool ingurgités, ils pouvaient se rendre dans les toilettes, sniffer quelques frissons de vie supplémentaires.

Les rires étaient bruyants, invincibles comme les sourires. Fréquentes étaient les blagues autant que « les bonnes conversations ». Le créateur haute couture était au centre de toutes les attentions. Les verres se remplissaient, le champagne, les petits-fours, le caviar et les phrases creuses des mannequins s'enchaînaient :

« Je travaille en m'amusant, ou plutôt, c'est ce que croient les gens, ils ne se rendent pas compte ! »

« Je mange énormément, contrairement à ce qu'on pense des mannequins, j'aime croquer la vie à pleines dents. »

Quelques paroles échangées devant une caméra qui filmait on ne savait pour quelle chaîne, mais peu importait ! Il fallait montrer, preuve en images, que la vie était facile, que chaque jour était la suite logique de cette journée exceptionnelle !

Des clans se formaient suivant les affinités et inimitiés. Cependant, chacun faisait mine d'appartenir à la même grande famille chaleureuse et ouverte d'esprit. C'était le business qui voulait ça ! Certains habitués, plus enclins aux jeux cérébraux, préféraient se mettre à l'écart. Pour ne pas s'ennuyer, ils échangeaient sur la bourse et ses dérivés. D'autres, pour fuir l'ennui, commèraient au sujet des absents.

Les jours suivants, des commandes arrivaient, et des faveurs étaient demandées à Baste Nikolao, le grand couturier au service de la maison Fardin.

Bastien Nikono était devenu Baste Nikolao, un nom à la consonance prestigieuse ! Depuis, il avait pour aïeux les dignes représentants de la Grèce antique, et non plus les immigrés ayant fui la misère d'un sol trop pauvre pour les nourrir. La terre sans ressources de ses ancêtres était une fable sans valeur, inexploitable, il était plus judicieux de faire valoir à travers un patronyme aux accents helléniques l'image d'une grande civilisation, gage de réussite ! Il avait préféré oublier ses origines pauvres, comme il avait oublié ses premières années passées dans sa ville natale, une cité appauvrie après la fermeture de ses usines. Les dieux légendaires de l'Olympe étaient devenus sa fierté, il s'était servi des symboles de ces divinités dans ses créations, comme le sceptre de Zeus, la méduse d'Athéna ou le trident de Poséidon.

Baste rêvait d'immortalité ! Il voulait inscrire son nom pour l'éternité, et laisser une somptueuse trace de son passage sur cette terre !

Rares étaient ses clientes ayant les atouts physiques d'Aphrodite, malgré les sommes dépensées. L'hypocrisie était donc requise. Le naïf Bastien avait su se transformer en Baste le rusé. Il savait parler à ces femmes qu'il inondait de compliments bien trouvés et appropriés. Des plus jeunes et belles aux plus âgées, il savait toutes les charmer. « Les vieilles », comme il les nommait dans sa tête, et celles qui avaient recours à la chirurgie esthétique étaient les plus faciles à séduire. Il était aisé de connaître leur plus grande faiblesse. C'était leur combat au quotidien ! Leur ennemi commun était un corps dépourvu d'un véritable esprit pour le commander. Toujours prêt à les trahir au moindre écart, et le temps qui passait ne faisait qu'aggraver son état. Les vraies victorieuses étaient les anorexiques : à tout âge, elles pouvaient se targuer de leur silhouette. Bastien lui-même préférait ces corps androgynes, sans formes féminines, car il pouvait les redessiner à sa convenance, créant des courbes, façonnant à sa manière des hanches. Grâce à lui, des inconnues étaient devenues célèbres ; il avait repéré ces filles que rien ne destinait à cette vie ! Il leur avait choisi de nouveaux prénoms, avait modifié leur passé afin de maximiser leurs chances de réussite auprès d'un public avide de faits extraordinaires. Marie-Claire était devenue Cindy la rebelle, échappée d'un pensionnat pour jeunes filles de bonne famille. Maya, 1 mètre 82, n'était plus la fille d'un simple magasinier allemand, il avait effacé cet homme au profit d'un père plus héroïque, qui avait mis au point un grand engin volant à bord duquel, en pleine nuit, il avait réussi, avec toute sa famille, à franchir le mur de Berlin. Zoé, à dix-huit ans, avait refusé un mariage forcé et fui sa famille. Du Mali, elle avait échoué à Paris, où elle avait végété. Dans la nomenclature du vocabulaire de la jet-set, elle était une combattante, élégante en toutes circonstances. Depuis son exil jusque dans sa chute à Paris dans la précarité ! La rue, la misère, les squats, la crasse, cet environnement corrompu par la laideur n'avait fait qu'exhaler sa beauté. Elle avait traversé pieds nus un désert, s'était affranchie des coutumes barbares en gardant son élégance car elle était noble, fille aînée du chef de son village natal.

Ces femmes étaient en réalité toutes nées dans son atelier, ce dont il était fier ! À présent, elles défilaient pour d'autres créateurs de mode dans les plus grandes capitales, voyageaient sans cesse et posaient pour les plus grands photographes. Il ne restait aucune trace des adolescentes timides et craintives, elles étaient devenues des femmes d'affaires uniquement préoccupées par leurs carrières. Le grand couturier gardait pour lui sa fierté blessée lorsqu'il se voyait obligé de les solliciter par téléphone, comme des stars du show-business. Parfois, elles refusaient de se déplacer ! Cependant, il continuait à les flatter pour ne pas les perdre. Plus célèbres que lui, plus riches, elles étaient à présent indispensables à la notoriété de toute maison de haute couture.

Ces abandons successifs lui avaient toutefois laissé un goût amer et l'amertume réveillait parfois ses mauvais souvenirs. Son ancien moi surgissait alors, dans la peau de ce garçon de dix ans aux jambes frêles, incapable de courir vite. Il se souvenait de sa plus grande peur, se faire remarquer par les autres ! À cette époque, honteux d'être différent, cible d'attaques homophobes, il avait fini par croire qu'il était un monstre appartenant à une espèce repoussante !

Heureusement, le succès était arrivé, lui prouvant qu'il était bien supérieur à ces prétendus camarades de classe. Les imaginer vivre leur quotidien était sa revanche… Quelle revanche plus magistrale, en effet, qu'imaginer cette plèbe de Mont-en-Bœuf le voyant, lui, le pédé, dans des magazines ou à la télévision ? Oui, quel plaisir que d'imaginer cette populace le regardant évoluer parmi le gotha, entouré des plus belles femmes au monde, de sublimes spécimens que jamais ces gens ne posséderaient ! De temps en temps, il se délectait à noircir la vie de ces enfants devenus des adultes. Il les voyait bedonnants, une bière à la main, pestant contre la vie chère, se querellant pour un rien avec leurs voisins… Dans ces moments de nostalgie heureuse, il était ému par lui-même, et par sa réussite ayant façonné avec justesse son destin. Il ne ressemblait pas à ces pauvres hères, c'était dans l'ordre des choses !

Le temps consacré à replonger dans ce passé était toujours limité. À présent, il avait l'esprit tout entier à son travail, plus qu'une vocation, une véritable croyance ! C'était sa destinée que d'être célèbre ! Une voix agréable lui susurrait :

« Tu as réussi, tu es le meilleur. »

Cette voix était son alliée, elle apparaissait dès qu'il doutait, elle avait des avis bien tranchés, émettait des jugements :

« Tu vas tous les surpasser, Fior, Molce Sabanna et surtout ces nouveaux Japonais avec ces noms ridicules, Kunamoto, Hitoshio ou Hitoshiot. Et l'autre, là, Yamayiti Yukio, l'idiot avec ses draps plissés, ils ne jurent plus que par lui ! Le Japon ! Comme si Paris était dépassé mais ils verront, ça leur passera et moi, je serai toujours là. Ils peuvent bien en parler encore et encore en prononçant exprès ces noms de famille parce que ça fait bien ! À part la vieille dingue de comtesse, personne n'a osé porter une de ces nappes extra-larges, la Brandstatter, on s'est bien moqué d'elle. Personne ne se moquera de toi, jamais ça n'arrivera. Toi, tu es le roi de la capitale de la mode, et cette capitale n'est pas Kyoto ou Tokyo, c'est Paris ! »

L'impuissance du petit garçon jeté en pâture n'existait plus !

À présent, il était propriétaire d'un duplex dans le VIIe arrondissement et depuis sa fenêtre, il pouvait admirer la tour Eiffel. Ce phare éclatant lui était aussi familier que son ancienne vie lui était désormais étrangère. Son air efféminé était devenu un avantage physique, la distinction d'un véritable artiste. À présent, il en jouait ; ses gestes, ses mi-

miques étaient ses marques de fabrique. Sa vie devait paraître facile, aussi légère que les billets de banque. Rien ne devait troubler cette société des apparences à laquelle, désormais, il appartenait, cette société liée par l'argent plus que par n'importe quel sentiment !

Dans ce monde, les commérages n'étaient que des potins mondains, les jugements, de fines joutes verbales. Cependant, les langues se déliaient vite lorsqu'il était question d'un revers de fortune. Mieux valait, pour l'infortuné, que la mauvaise passe soit vite réglée ! Sinon, le coupable était unanimement condamné et des critiques acerbes faisaient de lui un paria ! Ils gardaient tous leurs bonnes manières mais ils étaient intransigeants car c'était une faute de goût que d'être pauvre. La pauvreté leur donnait des frissons, une frayeur extrême ! C'était épidermique. Telle une maladie de la peau, ils se méfiaient de celui qui avait rejoint cette autre partie du monde. Leur regard sensible ne pouvait supporter la laideur de cette condition, sauf le temps d'un gala de charité ou d'une participation à quelque bonne œuvre. Se retrouver entre-soi, faire don de quelques heures, c'était comme déguster un baba au rhum, une éponge douceâtre vite avalée ! Ils se rassasiaient facilement de cette douceur alcoolisée, de cette ivresse feinte de se croire bienfaiteurs de l'humanité ! Ils se complimentaient eux-mêmes de leur générosité ! Les compliments étaient des flatteries qu'ils aimaient distribuer à leurs amis, une nourriture nécessaire à leur bien-être. Ils étaient généreux, talentueux, exceptionnels et les femmes étaient belles !

Les femmes suppliaient Baste de les rendre encore plus attirantes. Baste Nikolao avait pris sa revanche sur le sexe fort, les hommes comme les femmes le vénéraient car il avait révolutionné la société archaïque d'antan en changeant les codes en vigueur. Le sexe masculin devait le remercier pour son sex-appeal ! Sa mode mêlant les codes masculins et féminins était en passe de devenir la norme car c'étaient les femmes qui choisissaient leurs partenaires. Baste l'avait bien compris, tout comme l'industrie de la mode. Et ces primates qu'il avait dû côtoyer durant ses jeunes années allaient bientôt devoir suivre cette évolution, si ce n'était déjà fait…

Les personnes qui lui avaient donné la force de s'en sortir, c'étaient des filles. Quelques filles courageuses, qui s'étaient interposées face à la meute de garçons, l'avaient inclus dans leur petit groupe. Elles avaient donné un sens à sa vie, un élan salvateur et enfin elles avaient fait naître en lui ce désir de les rendre toujours plus belles. Les femmes étaient restées ses alliées, et ce, d'autant plus aisément que les homos qui gravitaient dans les hautes sphères de l'esthétisme étaient les plus fidèles garants de leur physique. Elles n'étaient pas avares de compliments. Il aimait cette cour de femmes, qui, de leurs voix suaves, lui disaient :

« Je ne peux plus me passer de toi, tu seras toujours mon chéri, mon créateur adoré ! »

C'était un monde féminin et familier qu'il retrouvait. Les gestes étaient empreints de discrétion calculée et le vocabulaire était excessif, afin d'échapper à la vulgarité d'un simple échange commercial. Ce n'étaient pas de simples habits fabriqués dans une usine mais des créations exceptionnelles.

Mais ce tourbillon de paroles élogieuses pouvait être un piège ! Baste se souvenait d'ailleurs qu'il n'avait été qu'un éphémère ami de cœur dans sa jeunesse. Une fois ses anciennes amies devenues des jeunes femmes, il avait été mis de côté pour redevenir ce qu'il avait toujours été, un paria ! Elles l'avaient aimé jusqu'à ce qu'il revendique sa différence. Dans cette petite ville ouvrière, elles n'avaient pas supporté le regard des autres. Il n'était plus le garçon innocent à défendre. Cela étant, Baste n'était plus aujourd'hui un garçon naïf, et quelques compliments ne pouvaient plus suffire à l'ébranler... Lors du dernier festival de Cannes, les quatre stars féminines du moment les plus en vue avaient toutes fait appel à lui, et chacune d'elles avait supplié Bastien de lui confectionner en exclusivité une robe. Il fut très embêté car il ne voulait en décevoir aucune, il usa de flatteries avec chacune d'entre elles et leur promit à toutes une robe unique ! Une distinction qui les placerait au premier rang, loin devant toute concurrence. Mais par la suite, l'une d'elles lui avait reproché un acte qui n'était pourtant pas de sa responsabilité : le livreur lui avait apporté sa robe tardivement. La semaine suivante, une autre lui avait dit qu'un magazine de mode avait trouvé sa tenue inférieure aux autres. Il en avait été vexé et des souvenirs amers attachés à son passé lui étaient revenus, lui rappelant sa solitude...

En 1968, aucune crise identitaire à Mont-en-Bœuf n'était possible ! Tout le monde devait se plier aux règles des mœurs en vigueur. Et c'est justement cette année-là, en 1968, pour ses dix-sept ans, qu'il avait décidé de s'émanciper grâce à la machine à coudre maternelle.

Dès lors, il était passé pour un paria, plus un seul garçon n'avait voulu se mesurer à lui à cause de son extravagance vestimentaire. On le laissa tranquille ! Le jeune homme devint de plus en plus solitaire. Il se prit de passion pour la couture en pensant à ses amies qui ne l'aimaient plus, dans l'espoir de les reconquérir. Il possédait un don particulier, celui de reproduire facilement toutes les photos de mode sur les magazines. Tout son argent de poche était consacré à confectionner des tenues pour une poupée de 29 centimètres, une Barbie.

Son père était un homme effacé et taiseux, il ne dit rien à ce sujet, bien qu'il désapprouvât ce passe-temps. Les préoccupations et les opinions de sa femme étaient les siennes, le couple fonctionnait ainsi. Ils avaient attendu si longtemps un enfant… À quarante-huit ans, sa femme lui avait appris la bonne nouvelle ; il s'était senti trop vieux pour être un père, trop usé par son travail, dans la principale usine de la ville…

Pour son premier défilé, Baste Nikolao avait invité ses parents et les avait placés au premier rang mais ils avaient eu l'air perdus du début à la fin. Il fut déçu, ses parents ne pensaient qu'à rentrer au plus vite chez eux ! Il sut ce jour-là que plus jamais il ne les inviterait. Sans aucun doute finiraient-ils leurs vies à Mont-en-Bœuf ! Cette rencontre familiale ratée lui avait laissé un si mauvais souvenir qu'il l'associait à son passé. Après, les contacts avec ses parents s'étaient estompés. Ils ne se comprenaient plus.

Cependant, un récent courrier reçu de sa ville natale lui rappela ses origines. Il dut reprendre contact avec sa génitrice, afin de savoir si le maire l'avait contactée. Elle ne connaissait pas l'édile. Il ne voulut pas lui confier le contenu de la lettre et inventa un mensonge car il ne désirait pas se plier aux exigences du maire de cette ville détestable. Il s'agissait d'une invitation, rédigée dans un style redondant. Il y était question de sa naissance à Mont-en-Bœuf, de ses jeunes années, de son école primaire, du collège de la ville, de ses origines à ne pas oublier…

Dans un premier temps, il pensa qu'il serait bon de retourner dans sa ville en vainqueur, puis il se ravisa. La dernière usine avait fermé ses portes : ce n'était que par opportunisme qu'on se souvenait de lui. Et dire qu'il avait failli accepter !

Il avait mieux à faire, une star américaine de passage à Paris lui avait demandé de l'accompagner en boîte de nuit. Il était à l'apogée de sa réussite et les quelques critiques faites par des actrices françaises n'avaient aucune importance !

La star américaine

Comment fendre la foule d'admirateurs ? Même les policiers avaient de la peine à contenir la folle agitation. Il aurait aimé rebrousser chemin pour ne pas être happé par le flux qui semblait arriver de tous les côtés, lorsqu'il entendit des cris aigus derrière lui. Une horde de jeunes surexcités s'avançait dans sa direction. Que faisait-il donc parmi ces gens ? Il n'était pas un fan hystérique ! Il avait simplement accepté la proposition de l'attachée de presse de la star. « Une très bonne publicité », lui avait-elle dit en précisant que tout avait été organisé pour leur rencontre.

Péniblement, il se fraya un passage jusqu'à une cabine téléphonique et passa ses nerfs sur la mauvaise organisatrice. Habituée à canaliser les humeurs comme les exigences des célébrités, la femme s'excusa, suivant les convenances. Baste n'avait qu'à lui décrire l'endroit où il se trouvait, rester sur place et en moins de vingt minutes, on viendrait le chercher.

Quinze minutes plus tard, il vit quatre hercules avec oreillettes s'approcher de lui. À leur demande, il déclina son identité, puis il les suivit à travers des portes tenues secrètes du public, jusqu'au tarmac. Il se sentait comme un petit garçon à côté d'eux. Timidement, il osa demander à ces montagnes de muscles combien de temps durerait l'attente.

« Pas longtemps », répondit, imperturbable, l'un des molosses, tandis que les trois autres n'eurent pas la moindre réaction.

Baste ne posa plus aucune question.

Au bout d'un long moment, un jet apparut dans le ciel dans un bruit de moteur assourdissant. Enfin ! Baste allait pouvoir se dégourdir les jambes et se libérer de la tutelle intimidante à ses côtés. Devant lui, des photographes équipés d'un lourd matériel se mirent soudain en mouvement, afin de bénéficier du meilleur angle. Baste se rappela le rôle qu'il devait jouer. Il devait impérativement se montrer joyeux.

Quand les portes de l'avion s'ouvrirent, il put la reconnaître aussitôt malgré les vingt-cinq mètres qui les séparaient, et surtout, il ne pouvait se tromper car elle portait une de ses créations, un manteau blanc fait de plumes. Il la suivit des yeux alors qu'elle descendait les marches, attentive à chacun de ses pas, quand soudain un frisson désagréable le saisit : il se rappela que la SPA lui avait envoyé une liste des oiseaux protégés. Les matériaux interdits s'étalaient à cet instant à la vue de tous ! L'oie des neiges semblait se soulever à chaque marche en direction du ciel, pareille à une sérieuse remontrance. Pour ne pas se la mettre à dos, il avait dit à l'association qu'il était parfaitement au courant de la loi, mais la qualité de ce plumage valait bien quelques risques… La preuve de son bon jugement était éclatante ! Devant lui, un cygne majestueux se déployait. Même le soleil était d'accord avec son choix. Il illuminait d'un duvet d'or la blancheur de son œuvre. Baste se rassura : personne ne pourrait faire le lien entre l'oiseau protégé et son formidable habit.

Paloma Marlow le regarda, et Baste fut envoûté. Même les gardes du corps réagirent ; il vit dans leurs yeux un éclat nouveau, ils avaient oublié d'être des robots.

L'apparition descendit lentement l'escalier. Parvenue en bas des marches, elle scruta l'horizon puis arrêta un instant son regard sur le groupe qu'il formait avec les vigiles, avant de disparaître dans une limousine arrivée en trombe d'un endroit inconnu.

Baste se sentit rassuré quand il vit la voiture s'approcher. Elle s'arrêta à côté de lui, une vitre silencieuse coulissa à peine, juste de quoi laisser passer une voix qui ne s'adressa qu'à sa personne, ignorant toute autre vie à ses côtés. Baste eut un moment d'hésitation. Devait-il croire que ces forces de la nature étaient inexistantes ? La prudence lui conseilla de ne pas négliger les règles élémentaires de la politesse. Mais ce qui le rendait surtout perplexe était la présence des photographes. Devait-il également les ignorer ?

Un ton de voix désagréable se fit entendre :

« Mais enfin chéri, tu ne montes pas ? »

Il avait toujours eu affaire à un membre du staff de la star et il n'avait encore jamais entendu sa voix à elle, excepté dans des clips où sa voix ne ressemblait pas à celle qu'il venait d'entendre. Mais un souci majeur l'occupait davantage. Le but de cette première rencontre n'était-il pas de poser avec elle devant les photographes présents. Pourtant, la limousine semblait vouloir redémarrer. Il comprit qu'il n'avait pas le choix !

Des photographes couraient dans leur direction et déjà la voiture filait à vive allure, laissant dans son champ de vagues silhouettes accompagnées de cris inaudibles.

Elle avait donc décidé de ne pas se plier à ce qui avait été convenu. Bastien était en colère. Mais que pouvait-il dire ? Rien, absolument rien ! Il fallait supporter ce contretemps comme un caprice de star, se taire et pour les photographes, voir plus tard…

Son français n'était pas hésitant, mais ses mots étaient dans sa bouche tous rugueux, forts et profonds, partant loin dans ses entrailles, ils resurgissaient à la surface comme un aboiement. Baste comprit que personne ne pouvait lui résister, ni ici ni ailleurs. C'était une diva, c'était la Paloma, il fallait agir et ne pas hésiter un instant car sous le miel qu'elle distillait en franglais se cachait un naturel plus dur. Dans ses phrases, elle utilisait à profusion des « *darling* », des « *my sweety* », des « *perfect love* », mais on pouvait nettement pressentir un caractère tranchant comme l'acier, toujours prêt à se manifester.

Pour le moment, il était son « *frenchie* » préféré, son meilleur ami de Paris car pour elle, la France n'existait que par sa capitale. D'ailleurs, elle n'était là que pour le business, New York était la Mecque du divertissement, des arts et des artistes. Elle ne comprenait d'ailleurs pas pourquoi Baste ne voulait pas franchir l'Atlantique. Paris étant une pauvre copie de ce qui se faisait dans sa ville où des artistes comme Andy Warhol faisaient et défaisaient la mode.

Lorsqu'elle n'était encore qu'une inconnue, elle était venue à Paris tenter sa chance et avait fait quelques apparitions à côté d'un chanteur célèbre. C'était déjà un progrès, mais l'expérience dura un an. Juste assez pour apprendre à parler français et se rendre compte qu'elle n'intéressait personne malgré son acharnement linguistique. Il était urgent qu'elle réalise son rêve même si elle devait retourner dans l'univers de la grande pomme. Elle seule détenait les clefs de son succès, et peut-être aussi cet ange gardien qui semblait avoir entendu sa prière car son agresseur ne l'avait pas tuée.

De retour à New York, elle trouva enfin la bonne personne qui crut en elle et son énorme culot fit le reste lorsqu'elle l'introduisit dans une maison de production de disques.

Dès que le succès arriva, elle lâcha aussitôt sa bienfaitrice qui ne s'en remit jamais tout à fait…

Rien ne devait arrêter sa progression, encore moins l'affectif. Elle avait tellement galéré dans des taudis sordides et dans les rues malfamées de New York qui, dans ces années-là, atteignait des records de criminalité, qu'elle s'y était totalement endurcie. Seuls les plus forts avaient une chance minime de ne pas sombrer dans cette immonde et perpétuelle lutte.

Elle gardait de son expérience un terrible secret, une blessure honteuse inscrite dans sa chair, infligée un soir de septembre où un homme l'avait obligée à le suivre sous la menace d'un couteau. Après les faits, elle fut surprise d'être encore en vie, et elle sut aussitôt qu'elle n'irait jamais porter plainte. La peur avait été trop grande. La seule solution après un acte aussi horrible était de l'enterrer au plus profond de son esprit, tandis que sa rage de réussir augmenta.

Dans le squat où elle avait trouvé refuge, faute de mieux, elle continua comme avant à rêver à sa future vie de star, mais ce viol avait changé la nature de ses rêves…

Ses visions étaient maintenant de l'ordre de la vengeance, elle allait prendre sa revanche sur les autres, sur ceux qui croiseraient sa route et peu importaient les moyens qu'elle utiliserait.

Et pour y arriver, Kristin Luccha, de son vrai nom, fit taire sa souffrance, et oublia l'existence du mot « viol ».

Dès lors, téléphoner à sa famille devint incompatible avec sa vie. Elle trouva des prétextes pour ne plus appeler ses parents, ni ses frères et sœurs. Leurs voix coutumières ainsi que leurs vies routinières n'avaient plus de sens pour elle, elle n'était plus celle qu'ils avaient connue ! Kristin, la troisième dans la fratrie, elle l'avait laissée à son agresseur. Il était trop tard pour leur expliquer quoi que ce soit, car elle n'avait pas été capable de sortir un seul son de sa bouche face à l'assaillant. Sa famille et ses anciens amis étaient devenus trop encombrants.

Ce fut peu après qu'elle se trouva son nom d'artiste : Paloma, un nom qui symbolisait la paix et l'amour. Et le prénom Marlow désignait plusieurs choses, dont un faucon sauvage ! L'association d'une colombe avec un rapace faisait d'elle une personne insaisissable, sous les plumes blanches se cachaient à présent des griffes crochues ! Les médias l'appelaient la Paloma, comme si elle était une diva !

La gentillesse avait été sa faiblesse, elle avait accepté d'aider un homme qu'elle croyait connaître, il lui avait demandé gentiment son aide afin de déplacer une commode.

Dans son esprit, elle n'avait gardé que des fragments de ce désastre qui avait fait d'elle une autre femme ! Parfois, la nuit sous forme de cauchemars, elle revivait la scène…

Le changement brusque de l'homme.
Son silence dangereux !
Puis sa phrase, agressive :
« Couche toi ! »
Le sol froid.
L'arme, un couteau.
L'homme debout se rhabillant.
Sa voix, ses mots :
« Je regrette, tu ne porteras pas plainte, n'est-ce pas ?
— Non, bien sûr que non ! »
Cette phrase, la sienne ? pour ne pas mourir !
Et elle se réveillait en colère…

La chanteuse devenue célèbre avait viré toute son ancienne garde-robe, trop classique et sage.

Le manteau de plumes créé par Baste rimait avec sa nouvelle personnalité. Il la représentait tel un oiseau aux dimensions célestes. La Paloma était descendue de la passerelle de l'avion en calculant chacun de ses pas. Le vêtement de plumes blanches s'était ouvert par la faute des réacteurs, laissant voir sa robe noire en lycra.

Sa vie était un tourbillon, qui l'emportait loin de Kristin !

Elle avait prévu de loger dans le plus beau palace de Paris, avait exigé la plus grande des suites. Une assistante avait fait parvenir, avant son arrivée, la liste de ses exigences, témoin d'un monde parfait sur lequel elle avait les pleins pouvoirs. Se pensant magnanime envers le personnel, elle exigeait toujours les mêmes services, et n'avait jamais modifié d'un iota sa liste depuis qu'elle était célèbre : une corbeille composée de fruits exotiques dans un nombre et une variété toujours identique ; un grand nombre de bouteilles d'eau minérale pauvre en sel, moins de dix-huit milligrammes par litre, etc. Et la liste comprenait jusqu'à vingt-deux demandes, son chiffre préféré. Montrer sa grandeur par le nombre de demandes… Mesurer son succès à l'obéissance et à la rapidité d'exécution…

La star qu'elle était pouvait entrer dans de violentes colères si l'on omettait ou négligeait une seule de ses demandes. Une femme attachée à son service la précédait toujours dans sa suite afin de vérifier le nombre de produits et leur qualité. Pourtant, lorsqu'elle découvrait sa suite, la Paloma filait systématiquement dans les toilettes. Son assistante avait déjà examiné toutes les pièces, mais elle devait vérifier à son tour au cas où un détail aurait échappé à la vigilance de son employée. Puis elle inspectait la salle de bains. Elle vérifiait également la couleur des linges de bain, blancs. Tout devait être blanc et sentir la lavande. Enfin, apaisée, elle sortait en peignoir blanc, prête à recevoir dans sa chambre, sa coiffeuse, sa maquilleuse. Cependant, dès qu'elle s'installait pour qu'on la coiffe, le calme ambiant la fâchait, elle reprenait son rôle de maîtresse intransigeante.

Elle se définissait comme une athlète du showbiz ! Pour y parvenir, elle s'astreignait à plusieurs heures de danse et de sport chaque jour. À la manière d'une droguée, elle repoussait ses limites, elle aimait la sensation de l'oubli du corps quand seule la tête persiste à retrouver un nouvel élan.

Une sourde et farouche volonté se lisait dans ses yeux, doublée d'une détermination sans faille.

Elle choisissait toujours de très beaux coachs sportifs, et souvent après la douche, elle leur faisait comprendre que le service ne s'arrêtait pas là. Pas un seul n'avait refusé, et pas un seul ne s'était répandu dans la presse car elle avait pris soin au préalable de faire signer à chacun un contrat avec une clause de confidentialité, assorti de menaces de poursuites de plusieurs millions de francs s'ils le rompaient…

Scène I

Enfin, Nathalie arriva devant l'entrée de la discothèque où se trouvaient Macha et les quatre vigiles, dont elle connaissait les prénoms. Elle se dirigea directement vers le plus impressionnant du quatuor. Voulant se donner un air fragile, elle adopta une démarche évoquant une frêle embarcation. Elle prit un regard innocent et s'adressa à lui en donnant une nuance puérile à sa voix. La femme-enfant qu'elle jouait plaisait à ces hommes et à Macha, qui aimait ce genre de filles, solitaires et vulnérables, donc faciles à séduire pour la clientèle masculine.

Cette fois encore, le molosse lui signifia son accord d'un signe de tête. La jeune femme ne put s'empêcher de le remercier en lui tâtant le biceps à travers son blouson noir, d'un air admiratif. Il ne montra pas de réaction, mais dans son regard, elle vit toutefois le contentement du mâle satisfait devant cette femelle à ses pieds. C'était avec ce genre de détail qu'il se souviendrait d'elle, la prochaine fois !

La voie était libre, la porte s'ouvrit et Nathalie n'eut pas le temps de comprendre…

La musique jaillissant de l'intérieur se mêla soudainement à des cris puissants venant de l'extérieur. Une horde sauvage la projeta en avant. On la poussait de tous côtés. Elle fut rapidement emportée par un groupe de personnes qui se referma sur elle.

Au milieu de ces inconnus, apeurée, elle avança jusqu'au vestiaire où des hommes au physique impressionnant firent place nette. L'incompréhension lui fit craindre le pire, jusqu'à ce qu'elle entende un nom :

« La Paloma ! »

Aussitôt la jeune femme se calma en réfléchissant à cette rencontre « prévue par le destin ».

La Paloma ! C'était elle, sa chance ! Elle deviendrait son amie par n'importe quel moyen ou elle se ferait remarquer de n'importe quelle manière possible !

Elle fit mine d'appartenir à l'entourage de la star, se laissa porter par le groupe et quinze minutes plus tard, dans une loge VIP, elle se félicitait d'être au bon endroit !

« *Champagne for everybody !* »

La Paloma assise sur un canapé en demi-lune apostropha un serveur. Nathalie ressentit un frisson en entendant cette voix si puissante à quelques centimètres d'elle, cette voix qui était mondialement connue ! Ces quelques mots d'anglais étaient un rêve, elle se pinça le bras.

C'était bien réel, elle était toute proche de la Paloma !

Debout, à l'arrière, elle observait les uns et les autres.

Les bouteilles de champagne arrivèrent et l'on servit une

coupe à la jeune femme. Un homme s'approcha d'elle et lui parla en anglais :

« *I never saw you, before ! Who are you ?* »

Nathalie saisit aussitôt sa chance, il fallait le surprendre :

« *I am a disco diva !*

— *What ! Is it a joke ?* lui répondit l'homme.

— *Here, everyone knows me, and you, who are you ?* »

Sans lui répondre, il se tourna vers Baste :

« *You know her ?* »

Baste et toute la tablée tournèrent les yeux dans sa direction.

Durant un instant qui parut une éternité à la jeune femme, le regard du couturier plongea dans le sien. Elle le reconnut immédiatement.

« Pas flancher, se dit-elle, pas maintenant… Lui aussi, il peut être ma chance ! »

Sans montrer le moindre signe de faiblesse, à son tour, elle le toisa. Il fut surpris, ce qui donna le temps à la jeune femme de parler :

« *Here, I am a star on the dancefloor !* »

L'homme qui l'avait abordée éclata d'un rire communicatif, une onde de bonne humeur contagieuse se répandit aussitôt. Une vague irrésistible de joie emportait toujours ceux qui se trouvaient près de lui. C'était une force, un soulèvement profond de sa poitrine jusqu'à sa bouche où des dents blanches tranchaient avec sa peau sombre. Personne ne résistait, son rire déclenchait toujours une hilarité générale. La Paloma riait sans retenue. Nathalie fit de même, fière de son résultat !

Mais tout à coup, la star s'interrompit, inquiète de n'être

plus au centre de l'attention. Tous comprirent qu'il fallait immédiatement se taire. Le silence se fit et Nathalie blêmit lorsque la Paloma, sans un mot, la regarda froidement pour aussitôt détourner la tête. Nathalie sentit qu'elle avait perdu la première manche lorsque tous reprirent leur rôle respectif sans se soucier d'elle, excepté l'homme qui l'avait abordée.

« Mais qui est-il ? se demandait la jeune femme. Son coiffeur, maquilleur, danseur, choriste ? »

La Paloma se rassura, seul son danseur était occupé avec cette fille. Il pouvait s'amuser avec cette inconnue, elle savait se montrer généreuse, le plus important était ce frenchie adorable ! Il était à ses pieds, prêt à tout pour lui faire plaisir ! Assis à côté d'elle, il formait avec elle un couple très bien assorti. Son homosexualité était un atout. Il émanait d'eux un parfum de scandale lorsqu'elle posait ses lèvres sur sa bouche et qu'il répondait à ses baisers. Les photographes, la presse, ils aimaient tous cette liberté. Grâce à elle, les mœurs changeaient, les mentalités progressaient. C'était son rôle d'artiste que de s'engager et sans avoir eu besoin de discuter au préalable de cet échange buccal, elle savait qu'il s'impliquerait puisqu'il défendait « la cause ».

Pour tout dire, Baste était énervé. Il avait dû supporter les caprices de la star toute la journée et le pire était ces baisers volés, cette bouche dégoûtante sur la sienne ! Il avait résisté à l'écœurement mais à présent son aversion physique était à son paroxysme ! Être assis à côté d'elle et entendre son rire vulgaire en réaction aux propos de la fille l'avait mis dans une rage folle. Il fallait qu'il se contienne, il n'avait pas le choix ! C'était une torture et l'injurier dans sa tête ne suffisait plus à le calmer. Il alignait les coupes de champagne, comme celle qu'il détestait en secret.

Rapidement, l'alcool ne suffit plus à chasser l'ennui. L'entourage de la star manquait totalement d'imagination, trop empressé de répondre à ses exigences, obnubilé par la crainte de lui déplaire.

Cependant, la chanteuse ne manquait pas d'idées quand il s'agissait de franchir certaines limites.

« Et si, justement, cette fille pouvait nous donner l'occasion de rire ? » se félicita la Paloma.

Sans hésitation, armée d'un grand sourire, elle se tourna vers Nathalie et lui fit signe de s'approcher :

« Je suis à la recherche de danseuses, lui dit-elle dans un français à l'accent rocailleux. Peux-tu danser pour moi avec mon danseur ? Peut-être partiras-tu en tournée avec nous. »

La chanteuse mentait à cette fille qu'elle jugeait sans importance. Avec le désir cruel de pousser le jeu un plus loin, elle chercha du regard son danseur, qui comprit immédiatement son intention. Il alla au contact de la jeune femme, et balança son bassin d'avant en arrière. Nathalie sentait qu'elle était en mauvaise posture, elle ne pouvait entrer dans ce jeu sans risque ! L'homme était très grand, il battait vigoureusement l'espace de ses quatre membres ; à côté de lui, elle paraissait minuscule et surtout ridicule. Ne sachant que faire, la jeune femme resta immobile. Elle les entendait s'esclaffer dans son dos, ils riaient tous excepté le couturier célèbre !

La Paloma entama la chanson de James Brown, *Sex machine*, elle encourageait l'excitation de celui qui lui était entièrement dévoué. Nathalie se vit prise au piège. Comme une biche apeurée à la merci d'un chasseur, elle sentit le corps chaud du danseur contre le sien et sa main la saisir par le bas du dos, la plier et se coucher sur elle.

Et alors sortit un cri suppliant de sa bouche :

« *Please, I want champagne too !*

— *Of course* » lui répondit la Paloma.

Aussitôt, le danseur se détacha d'elle.

Et Baste fut mis à contribution par la star, il fallait qu'il participe lui aussi.

« S'il te plaît, amène une coupe de champagne à notre amie ! »

Mais pour qui le prenait-elle, pour un de ses larbins ? ! Sa colère monta d'un cran.

« Suis-je obligé d'assister à cette scène vulgaire, fulminait-il, moi, le créateur, l'artiste reconnu pour son talent ? ! Pourquoi est-ce que j'assiste à cette merde ? ! ! ! Je vais aller lui donner son verre et après je me barre ! Je dirai que j'ai mal à la tête ! »

Il s'adressa à la jeune femme :

« Tiens ! Comment t'appelles-tu ?

— Nathalie, merci Monsieur ! »

Ce mot, « monsieur », le surprit. Il la regarda et lut dans son regard la même peur que la sienne, une peur d'adolescente, seule, face à des agresseurs. C'était une gamine !

« Va sur la piste de danse en bas et nous te regarderons d'ici, depuis la loge, nous pourrons mieux nous faire une idée de tes talents. »

Baste repoussa le danseur, accompagna la jeune fille jusqu'à la porte et descendit avec elle.

« C'est vrai que je danse mieux entourée de gens ! »

La jeune femme essayait de donner le change en s'adressant au couturier, elle avait compris qu'il n'avait jamais été question de l'engager ! D'habitude, elle n'était pas aussi stupide, elle savait se défendre, trouver la bonne parade et ainsi prendre l'avantage ! Elle se maudissait de ne pas avoir fait preuve de plus d'intelligence. À présent, son imagination ne lui servait à rien. Pourtant, si elle avait repris le dessus, elle aurait lancé des phrases comme :

« Pour moi, vous êtes une déesse sur terre, la plus grande chanteuse de tous les temps ! »

Ou encore :

« Je vis un rêve éveillé, ne me chassez pas tout de suite, je ferais le tour du monde pour vous, vous êtes si belle ! »

Enfin, elle aurait dit toutes sortes de flatteries qui lui auraient permis de se faire admettre dans la loge de la star, plutôt que de devenir un objet de moquerie. Mais il était trop tard ! Elle ne pouvait pas se rattraper avec la star, ni avec ce couturier célèbre, qui n'avait même pas daigné lui répondre. Lui donner du « monsieur » avait réussi, mais elle ne pouvait rien attendre de plus, d'ailleurs, il l'ignorait complètement ! De toute façon, il avait raison, elle avait été stupide !

Sans un mot, Baste se débarrassa d'elle au bord de la piste de danse et opéra aussitôt un demi-tour. En quelques secondes, il disparut de sa vue.

Nathalie rejoignit la foule dansante mais quelque chose avait « grippé son esprit », quelque chose de dangereux. L'idée que l'on pouvait à tout instant se retrouver dans la peau d'un insecte. Des dizaines de personnes se penchaient depuis la galerie surplombant la piste de dansc, et plus spécialement, de l'endroit où elle se trouvait quelques minutes auparavant ! Elle crut reconnaître Baste le couturier mais il avait bizarrement pris une ampleur démesurée. Il semblait la pointer du doigt. D'autres têtes émergèrent. Allaient-ils la chasser de cet endroit ? Il fallait leur échapper ! Et la meilleure des stratégies était de se fondre dans la foule des danseurs, au milieu de la piste. Elle s'élança, bousculant de nombreuses personnes.

Enfin, elle se sentit libre, libre de faire ce qu'elle aimait, danser jusqu'au bout de la nuit ! Montée sur ressort, elle opérait des volte-face, souple, elle se contorsionnait à la manière d'Alex dans *Flashdance* ! Une ivresse galvanisante l'envahit rapidement, la soulageant de ses craintes. Ses mouvements déchaînés ne gênaient personne. C'était juste une particularité de plus !

Dans le grand théâtre du disco, ils étaient nombreux à se faire remarquer. Grands écarts et autres contorsions spectaculaires avaient les faveurs du public. Des plus doués aux plus médiocres, on reconnaissait l'effort fait ! Beaucoup avaient essayé de miser sur le même chic vestimentaire que John Travolta dans *La Fièvre du samedi soir*. Costume trois-pièces blanc, veste gilet et pantalon sur fond de chemise noire, assortis de bottines à talonnettes. Autant l'original avait de l'allure, autant ses nombreuses copies étaient grotesques lorsque la veste aux épaulettes proéminentes tressautait. Le plus souvent ces deux excroissances donnaient l'apparence d'un clown en représentation ! Cependant, ils étaient autant appréciés que les véritables acrobates du genre car chacun à sa manière participait à la grande fête du disco ! Des spectateurs les applaudissaient. Cela donnait du courage à d'autres candidats, qui se joignaient à l'aventure. Parfois un couple mimait une danse suggestive, se lovant l'un contre l'autre comme deux lianes carnivores, cherchant le cou, les hanches et les cuisses de son conjoint pour mieux s'implanter et finissant par se mélanger en prenant des airs orgasmiques.

Sur la piste de danse inondée de musique et de lumière, Nathalie s'enivrait près des enceintes acoustiques. Comme d'autres, elle avait une préférence pour cet endroit. Transportée par le son, détachée de toute autre préoccupation comme ceux qui l'entouraient. Ces « transportés du son » à l'air buté ne semblent jamais vouloir céder aux autres une parcelle de l'espace qu'ils occupent, et dans leurs débordements physiques, ils écrasent parfois un pied, ou donnent un offensif coup de coude à celui qui n'aura pas mis une distance suffisante. Les filles étaient peu nombreuses à se mêler à ce groupe en furie, mais ce soir, Nathalie éprouvait le besoin de se mesurer à ces danseurs. Elle ignora la douleur lorsque l'un d'eux la heurta violemment, la faisant presque chuter. Exaltée, elle reprit le rythme avec la même rage, jusqu'à ce que sa honte finisse par disparaître.

« Non, je ne suis pas ridicule ! »

Suffisamment rassurée par cette pensée réconfortante, elle perdit tout intérêt pour cette horde sauvage indifférente aux filles ! À quelques mètres d'elle, se trouvait un garçon qui ne pouvait passer inaperçu, à cause de sa coiffure. Dans les lumières de la discothèque, son brushing avec ses mèches décolorées brillait comme un aimant à filles. La chevelure aussi fournie que son modèle célèbre, Georges Michael, il affichait fièrement sa ressemblance de fête en fête, comme tant d'autres…

Dans la grande messe du disco, rien ne semblait impossible ! On osait tout : des couleurs fluo comme des vitamines qui donnaient bonne mine ! Le vert était une pomme en plastique, le bleu était roi ! Des rayures, des zigzags, on mélangeait avec plus ou moins de bonheur des dentelles et du zèbre ! Le bonheur ressemblait à une fête costumée ! Cette société avait besoin d'images régressives avec des dizaines de divas excentriques comme autant d'exemples à suivre. Plus de frontières, Blancs, Noirs, hommes, femmes, les genres se mélangeaient, pourvu que l'on flashe comme les boules à facettes qui avaient envahi le monde de la nuit ! Le disco était un nouveau dieu partout adoré, on le vénérait dans les discothèques, ces temples de la fête où l'on célébrait la liberté du corps ! Paré d'illusions physiques, chacun s'habillait d'effets chatoyants comme un perroquet montrant ses atouts lors d'une parade amoureuse.

Ces oiseaux de nuit à la mode se regroupaient dans les mêmes endroits nocturnes, où ils demeuraient jusqu'à l'aurore. Ils s'étiolaient à la lumière du jour perdant leurs atouts colorés. La fatigue apparaissait sur les visages. Les corps privés de musique prenaient des formes de fantoches, les danseurs déjà vaincus étaient prêts à échouer au-dehors. Mais avant, la lumière des néons révélait la supercherie. Les fêtards n'aimaient pas se voir dans les yeux des autres. Sans doute auraient-ils préféré rester dans l'illusion d'une splendeur commune alors qu'il fallait, hélas, se résigner, la fête était finie, la boîte de nuit se vidait de ses occupants.

Nathalie avait jugé préférable ne pas attendre la fin de la musique. Elle partageait une cigarette avec le garçon à la coiffure au brushing parfait, fixé par une laque capillaire extra-forte. Devant la porte d'entrée de la discothèque, ils avaient tous les deux l'apparence de poupées Barbie, avec les mêmes cheveux. Ils regardaient les gens sortir.

« Tiens ! lui dit-elle, regarde ceux-là, je les connais, j'étais dans leur loge, ils sont vraiment cons ! »

Le garçon en profita pour se rapprocher d'elle, il lui enserra la taille et fit mine de regarder dans la direction indiquée par Nathalie. Soudain, un peu à l'écart du groupe, elle aperçut le danseur qui l'avait ridiculisée. Il s'avançait vers elle. La jeune femme tenait sa revanche, elle jeta la cigarette d'un geste rageur en s'adressant à Cédric :

« Rends-moi un service, dépêche-toi de me rouler une pelle devant ce mec ! »

En le tirant par la main, elle l'entraîna, collé contre son corps. Le baiser était si fougueux que le temps sembla se suspendre, clouant au sol dans l'incompréhension le danseur et à sa suite, la Paloma, Baste et les autres… Les gardes du corps hésitaient à intervenir. Ce temps de suspension permit à la jeune femme d'enrouler sa jambe autour du corps du garçon, tout à fait disposé à ce rapprochement !

Le spectacle inattendu n'ébranla pas la lucidité de la star toujours à la recherche d'excitation, et qui reconnut immédiatement celle qui s'était proclamée star du théâtre de la nuit.

« *Hey ! My little star is here !* »

Les nombreux molosses chargés de sa protection furent rassurés, il n'y avait pas lieu d'intervenir. Nathalie interrompit son baiser. Elle se permit de défier du regard celle qui commandait le groupe et plus spécialement celui qui la traitait comme un objet afin de satisfaire aux goûts de sa patronne.

Les deux femmes se toisèrent. La Paloma fut surprise par l'insolence de cette fille qui osait la défier ! Mais ce caractère affiché dans les yeux de l'inconnue lui plaisait car elle avait compris qu'il s'agissait d'une mise en scène à son intention !

La star, imprévisible, passait son temps à étonner son entourage. Elle lança :

« Allons voir cette *gorgeous young French girl* ! »

La mainmise sur son entourage était totale. Nathalie devint aussitôt la « formidable jeune femme française », même pour ceux qui ne comprenaient pas le franglais, excepté Bastien !

Le couturier était accablé par ce qu'il voyait ! Encore cette fille ! À cause d'elle, il avait peut-être ruiné toute affaire avec la star ! Et à nouveau, elle était là !

La Paloma s'approcha du couple avec un grand sourire et s'adressa à eux :

« Vous êtes si beaux ! J'aime la beauté ! Je veux vous présenter celui qui aime le plus la beauté puisqu'il est un grand couturier, n'est-ce pas *my honey*, ne sont-ils pas splendides ? »

Baste était déconcerté, il connaissait l'homme qui accompagnait Nathalie. La dernière fois qu'il l'avait vu, c'était au bois de Boulogne, lors d'un rendez-vous payant !

« Très beaux, en effet ! »

Il vit avec stupeur le jeune prostitué lui faire un clin d'œil. La Paloma se mit à rire.

« Tu lui plais ! Adorable ! Il est mignon, il te plaît ? »

Et sans attendre la réponse de l'intéressé, elle poursuivit :

« Je ne vais pas pouvoir te prendre pour ma tournée, nous t'avons regardée danser, tu es magnifique mais pas assez pro, tu comprends ?

— No souci, je suis une grande fille, je comprends vite !

— Baste pourra peut-être faire de toi une grande mannequin ? C'est ce qu'il m'a dit, n'est-ce pas mon cher ami ? »

Déconfit, le couturier se dit :

« Non, ce n'est pas possible ! C'est vrai, je l'ai dit mais c'était lorsqu'elle m'a dit que je n'étais rien à côté d'elle ! Que pouvais-je faire d'autre sinon défendre encore cette fille ?! Et voilà le résultat ! J'aurais mieux fait de la laisser se débrouiller, cette sale gamine ! »

Puis, à l'intention de la Paloma :

« J'ai simplement dit que certains mannequins avaient moins de charme que cette jeune femme, c'est tout !

— Non, mon chéri, tu m'as dit que tu pouvais faire d'elle une star, presque aussi célèbre que moi !

— J'ai dit ça en plaisantant, personne ne peut rivaliser avec toi et encore moins cette jeune femme. Je suis désolé, Madame, ou Mademoiselle, il y a eu un malentendu ! »

À présent, la Paloma exultait, elle allait pouvoir prendre sa revanche sur ce minable qui avait osé élever la voix sur elle ! Comprenant que cette joute ne la regardait pas, Nathalie restait muette. Elle ne devait pas intervenir, surtout pas…

« Alors, je ne peux pas te faire confiance car tu t'es mal comporté avec cette très jeune femme. Tu lui as fait croire qu'elle pouvait devenir une star ! »

Baste n'en crut pas ses oreilles. Ce n'est pas lui qui avait proposé à la fille de faire partie de la tournée, mais elle, la Paloma ! Il avait bien parlé d'en faire une star, mais dans un accès de colère ; la fille ne l'avait même pas entendu puisqu'il l'avait déjà accompagnée jusqu'à la piste de danse ! D'ailleurs, c'est à cause de cela que la Paloma s'était énervée, elle lui avait reproché d'être parti avec cette fille sans un mot d'explication !

« Quel âge as-tu *my baby* ?

— Dix-neuf ans ! »

Muet et fâché de la tournure que prenait cet échange, Baste constatait que la Paloma lui faisait « ses gros yeux ». Mais une autre personne le regardait, Cédric !

« Il ne faut pas qu'il m'adresse la parole... Un caprice de star n'est rien par rapport à ce qu'elle pourrait apprendre sur lui et forcément, elle s'en servirait ! Le pire est à craindre !!! »

Depuis qu'il l'avait reconnu, Cédric le regardait intensément et Baste sentait le danger venir. Il devait intervenir sans attendre. D'un ton dictatorial, il s'adressa à la jeune femme :

« Nathalie, tu viens me voir à mon atelier demain à 15 heures, avenue Georges V dans le VIIIe arrondissement, tu t'en souviendras ? »

Ouf, il s'était souvenu de son prénom ! La Paloma ne pourrait pas l'accuser davantage !

« Oui, je... »

La jeune femme fut interrompue par celle qui, maintenant, lui caressait la joue.

« Je veux voir la naissance d'une étoile, je serai là, ma belle petite fille et avec un si beau visage, on va pouvoir faire énormément de miracles ! »

Ce que le grand couturier redoutait tant arriva. Cédric s'adressa à lui :

« Tu te souviens de moi ? »

Le petit pédé allait balancer à tous qu'il s'envoyait en l'air avec des prostitués de bas étage au bois de Boulogne !

La Paloma dit à Nathalie :

« Tu viendras avec ton ami, ce beau blond, il me plaît.

— Avec plaisir, commenta Cédric, je viendrai ! »

Le couturier interloqué surprit cet air qui lui avait particulièrement plu lorsqu'il avait fait son choix depuis l'habitacle de sa voiture, cet air effronté qu'il avait affiché et qui lui avait fait se demander s'il serait à la hauteur de l'échange à venir…

« *Bye bye*, mes chéris ! »

La star mit fin à l'échange. Satisfaite, elle s'éloigna rapidement en direction de sa limousine. Elle était contente à l'idée de s'amuser avec le couturier, elle en ferait ce qu'elle voulait !

Bastien était soulagé, Cédric n'avait rien dit. Demain serait un autre jour. Pour l'heure, il était épuisé.

Cédric était ravi car il allait pouvoir gagner plus d'argent.

Malgré un léger doute, Nathalie était sur un petit nuage rose en songeant que le couturier allait faire d'elle une star…

Scène II

La nuit avait été courte.

Baste prenait son petit-déjeuner avec celui qui partageait sa vie depuis sept ans, Sébastien. « Sébastien », comme une prolongation de son vrai prénom. C'était d'ailleurs grâce à lui qu'il s'était fait un nom. Lui seul avait le droit de l'appeler Bastien.

Sébastien avait cru en lui avant tous les autres, il avait ouvert à son intention son vieux carnet d'adresses et avait contacté pour lui des descendants de la vieille noblesse française. Ces « rescapés de la guillotine » avaient des principes liés à leur origine, contrairement aux nombreux escrocs qui usurpaient les titres aristocratiques. Ceux qui ne trichaient pas sur leurs racines se faisaient un devoir de déceler les imposteurs, car ils n'étaient qu'une infime minorité. C'était presque un privilège de faire partie de cette espèce en voie de disparition. Ces gens se targuaient d'avoir le même savoir-vivre qu'aux temps immémoriaux, quand régnait la noblesse. Fiers de leur sang bleu « royal », ils étaient persuadés de posséder une âme supérieure étanche à la modernité. Afin que demeurent leurs traditions ancestrales, ils se soutenaient mutuellement. Seul comptait le titre, peu importait qui le portait et à combien s'élevait sa fortune. La bonne naissance et la bien-pensance avaient remplacé la puissance d'antan ! « Royauté » rimait avec « loyauté », d'ailleurs l'absence de Sébastien n'avait eu aucun effet fâcheux : ses pairs ne l'avaient pas oublié. Le temps est une notion relative pour ceux dont les aïeux font partie de l'histoire de France.

Très rapidement, dans la ramification de l'arbre généalogique de Sébastien, un élément extérieur à cet assemblage fit la différence, grâce au téléphone. Comme un ancien messager à cheval, cet accessoire moderne trouva « l'homme de circonstance ». Ce destinataire des bonnes œuvres à exaucer était le descendant d'un croisé. Le même passé avait accolé les deux noms de famille dans les livres d'histoire. Guerroyant sur les routes menant à Jérusalem, ces chevaliers nobles avaient mêlé leurs âmes, leurs sangs et leurs destinées afin de satisfaire les desseins d'un seul Dieu ! De leur bravoure étaient nés moult récits héroïques et ceux-ci avaient perduré de génération en génération. Une loyauté immuable s'était créée, faisant de leurs descendances les gardiens de la mémoire. Certes, ils ne combattaient plus des mécréants à la peau sombre et aux mœurs barbares. Néanmoins, ils s'étaient fait un devoir de réussir dans leurs entreprises, comme une suite logique aux faits héroïques de leurs ancêtres.

À présent, il ne s'agissait plus de conquérir par la force des territoires étrangers mais d'exister parmi l'élite en occupant des postes prestigieux. Ainsi, Sébastien obtint le soutien inconditionnel d'un personnage dont il ne connaissait rien, ou presque. Il l'avait juste aperçu lors d'évènements réunissant la jet-set et de rendez-vous à certaines dates de l'année où la courtoisie et la bienséance l'empêchaient de laisser libre cours à son esprit vif et curieux. Peu à peu, il s'était lassé de ses anciens amis, préférant la lecture, sans toutefois les blâmer pour cette vanité d'un autre âge. Mais depuis sa rencontre avec Bastien, il avait accepté de reprendre son rôle d'homme courtois et raffiné.

Ainsi, l'un des meilleurs ateliers de haute couture se montra tout à fait disposé à accueillir un nouveau styliste. Bastien ne déçut pas son pygmalion. Il était si talentueux qu'il gravit rapidement les échelons. Grâce à son esprit novateur, il donna à la marque un souffle de jeunesse. Il dépoussiéra les vieux codes en se donnant le premier rôle, il portait une jupe comme ses dizaines de mannequins hommes qu'il faisait défiler. Aucune maison de haute couture n'aurait pu imaginer un tel « scénario » ! Désormais, la haute couture n'avait plus l'air d'une vieille dame ! Elle revint sur le devant de la scène grâce à ce jeune prodige, ce créateur d'un nouveau genre, que la presse se mit à chérir.

Son mentor l'accompagnait dans les soirées mondaines et, finalement, ils ne firent qu'un. L'un se rappelait ainsi sa jeunesse tandis que l'autre s'extasiait à l'idée d'être admis et admiré dans la haute société ! L'élève avait dépassé le maître et bientôt les rôles s'inversèrent tandis qu'ils avaient entamé une relation intime. Un secret d'alcôve pour Bastien devenu Baste tandis que Sébastien retrouvait sa jeunesse en aimant éperdument cet homme de dix-huit ans son cadet.

C'était un duo inséparable dans la vie sociale comme dans la vie privée, jusqu'à ce que Baste devienne un des plus grands couturiers parisiens, forcément très occupé ! Sébastien ne pouvait lui en vouloir car il l'avait aidé à devenir cette personne. Depuis, il partageait son compagnon avec des centaines, peut-être des millions de personnes au travers d'articles et de photos relatant sa vie extraordinaire. Ils ne vivaient plus au même rythme. À présent Sébastien attendait patiemment quelques heures volées à l'emploi du temps surchargé de celui que l'on désignait comme une star de la haute couture. Cependant, il avait eu le temps de réfléchir mais surtout de constater le changement de personnalité de son conjoint. La gloire était une drogue puissante avec laquelle il ne pouvait rivaliser !

Ils avaient convenu de ne pas faire preuve de jalousie, mais il arrivait à Sébastien de souffrir du succès de son compagnon, plus jeune que lui. Souvent, il l'imaginait en compagnie de jeunes hommes. Il ne pouvait ignorer qu'il était entouré d'une cour d'éphèbes dotés de muscles taillés dans le marbre telles des statues de la Grèce antique. Toutefois, il s'était fait une raison, il préférait fermer les yeux et croire qu'il ne s'agissait que de passades, tels des jouets que l'on donnerait en abondance à un enfant trop gâté ! Ce n'étaient que des poupées interchangeables, la preuve, il revenait toujours auprès de lui pour lui confier ses nombreux doutes.

Dans ce monde d'apparences, il était son seul véritable ami dans les bons jours comme dans les mauvais. Il avait mené son compagnon jusqu'à la porte de la gloire, il devait à présent en assumer les conséquences. Ainsi était faite leur histoire ! L'amour qu'il portait à Bastien était une mise à l'épreuve. Le sacrifice et l'abnégation faisaient partie des valeurs chrétiennes avec lesquelles il avait grandi. Le mieux étant de ne pas poser de questions dérangeantes…

La réalité était aussi cruelle que les années qui les séparaient.

Attablé en face de son compagnon devant un copieux déjeuner, Bastien se sentait coupable. Ce n'était pas dans ses habitudes ! Une petite voix lui murmurait qu'il n'était pas à la hauteur de son compagnon :

« Tromper c'est une chose ! Mais tromper de cette façon ! Et tromper si souvent qu'il ne peut l'ignorer et avec qui, les pires… Je me dégoûte moi-même !... Et cet après-midi, je vais rencontrer un de ceux-là ! »

Sébastien coupa court à ses réflexions culpabilisantes :

« Alors, tu es rentré très tard, est-ce que tout s'est bien passé ? »

Bastien se trouva encore une fois forcé de lui mentir :

« Oui, oui, très bien ! On a fini tard car je n'ai pas vu le temps passé. La Paloma est une femme extraordinaire et il est impossible de la quitter. D'ailleurs, le courant est apparemment si bien passé qu'elle m'a proposé de me rencontrer cet après-midi même à l'atelier.

— C'est bien pour toi, voilà qui te fera une publicité à l'échelle mondiale !

— Oui, tout à fait, c'est le business, on s'accorde pour le meilleur, ce qui ne veut pas dire que l'on ne peut pas devenir de vrais amis. Qui sait ? !

— Tu as l'air fatigué, j'espère que tu ne rentreras pas trop tard ce soir, tu dois te reposer. Tu me préviendras assez tôt, j'aimerais que l'on puisse passer du temps ensemble. Ça fait longtemps !

— Oui, je sais, je suis désolé, c'est tellement important pour moi ! Mais j'essaierai de rentrer plus tôt. »

Sébastien le regardait avec le regard qu'il lui avait toujours connu, ce regard qui n'avait pas changé depuis sept ans. Se pouvait-il qu'il accepte tout cela, sans jamais lui faire de véritable reproche ? Non, vraiment, il ne méritait pas cet homme.

« Hélas, se disait-il, je ne l'aime pas autant que lui… »

Cet amour inconditionnel le mettait mal à l'aise, il lui donnait envie de lui mentir encore un peu plus, l'envie de franchir une ligne pour pouvoir se dire que les sentiments de son conjoint n'étaient pas si honorables qu'ils paraissaient et pouvoir enfin se libérer de cette culpabilité pénible !

Cependant, il trouva les mots qu'il fallait afin de maintenir leur bonne entente :

« Je t'aime !

— Moi aussi, je t'aime ! » lui répondit Sébastien en posant son bras sur le sien.

Ces mots n'avaient plus de sens.

Et l'image d'un corps jeune collé contre le sien prit forme, Cédric à genoux, une main experte qui le déshabillait, l'excitation, la peur de se faire surprendre et… Sébastien lui parlait, mais il n'entendait plus rien…

« Alors, tu ne me réponds pas ?

— Ah ! pardon, je suis crevé !

— Je disais de ne pas oublier après-demain soir, un journaliste du magazine *Haltes et Châteaux* va venir, et nous allons discuter avec lui, de ta présence ou pas sur certaines photos.

— Oui, oui, pas de souci, mais quel est le problème déjà ?

— Je te l'ai déjà dit mais tu ne t'en souviens pas, certains de leurs lecteurs sont des cathos à l'ancienne et ils n'aiment pas les couples homos ! Je suis prêt à faire certaines concessions au sujet du château car j'ai besoin de fonds !

— Je n'ai toujours pas compris pourquoi tu ne veux pas dire que nous sommes en couple, les temps ont changé, les mentalités ont évolué et…

— Tu le sais ! Ce château que j'ai hérité de mes parents a une histoire, mes ancêtres étaient de fervents catholiques, nos armoiries sont liées aux croisades, où ils se sont particulièrement distingués et tout le tralala ! Et justement, cette modernité des mœurs, ils ne l'aiment pas, mais pas du tout ! Sais-tu qui s'est marié la semaine passée en grande pompe dans mon château ? Non, évidemment ! Je sais que tu as oublié ! »

Bastien le regardait sans répondre.

« Voilà, j'avais raison, tu as oublié ! La fille de Lepinet ! De plus, tu es un provocateur, tu habilles des hommes comme des femmes. Tu comprends, ce château me coûte une fortune et je dois malheureusement faire des concessions avec la famille Lepinet comme avec d'autres et…

— Ma réponse est OUI, OUI et encore OUI ! Plus de Lepinet, plus d'homophobes ! Fini l'Inquisition, aux oubliettes, qu'ils aillent se faire foutre ! Mais se faire foutre !!!

— Mon père m'a fait jurer, avant de mourir, de conserver ce patrimoine et mon frère aîné est mort ! Mais qu'est-ce que tu veux que je fasse, bon Dieu ?

— Bof ! Tu veux te racheter aux yeux de ton père avec ce château dont lui-même ne s'est jamais occupé ! Il est mort et ce château va te ruiner. C'est vrai ! Je déteste ce château, cette bâtisse moyenâgeuse n'a rien d'un château pour moi !

— Je ne te demande rien, je vais me débrouiller seul, tu as parfaitement le droit de ne pas t'en préoccuper, mais s'il te plaît, ne me fais pas de leçon de conduite !

— Une dernière chose ou plutôt leçon comme tu dis, tu seras toujours le mauvais fils tandis que ton frère, le préféré pillait dans l'héritage afin de se payer sa drogue, ce qui d'ailleurs l'a tué ! Et qu'a fait ton père, il a caché à tout le monde la cause de son décès, il a continué à l'encenser, sans se soucier de toi, comme toujours. Enfin, c'est ce que tu m'as dit, rappelle-toi !

— J'étais en colère ! En fait, il désirait être grand-père et à la mort subite de mon grand frère, il a compris que la lignée s'arrêterait avec moi. Le château est donc tout ce qui va rester de notre famille.

— Peu importe ! Il n'aurait jamais accepté que tu sois de la jaquette.

— Sais-tu que cette expression date du XIXe siècle ? En fait, il s'agissait…

— Veux-tu s'il te plaît revenir à l'essentiel ? Inutile de changer de sujet. Ton père était homophobe !

— Tu ne saisis pas, il était inconvenant de parler de sexualité en famille, c'était tabou ! Je ne comprends pas que nous soyons encore en train de nous disputer à ce sujet. La dernière fois, tu étais partisan d'un silence complet concernant notre couple car tu trouvais que le mystère était bon pour ton image. Alors que tout le monde peut le comprendre mais surtout le voir, tu as l'air cent pour cent homo !

— Tu veux dire que j'ai l'air d'une grande folle ?

— Mais non, tu es juste un peu maniéré dans tes mouvements, et ta décoloration blond platine, qui te va très bien d'ailleurs, laisse à penser que, peut-être, ou certainement, tu aimes plus les garçons que les filles.

— Je n'ai pas honte, moi !

— Bastien, je t'aime, ne laissons pas ce monde prendre le dessus sur nos sentiments. Si nous devons renoncer à nos convictions, j'abandonnerai ce gouffre à fric, ce château si souvent responsable de nos disputes. Jamais je ne te demanderai de renier tes valeurs car je t'aime et il est vrai que je craignais la réaction de mon père, ou plutôt son rejet ! »

Gêné par cette déclaration d'amour, Bastien se leva en prétextant que le chien avait trop attendu pour sa promenade. Le lévrier afghan se leva à l'appel de son nom, indifférent à la tension palpable dans la cuisine. Sébastien les regarda partir.

Enfin, il était dans son atelier après cette pénible matinée. Non seulement, il n'avait pour ainsi dire pas dormi mais en plus, il avait dû user de toute sa patience pour ne pas s'énerver ! Pourquoi fallait-il toujours avoir les mêmes discussions ? ! Ce château perdu dans la campagne avec ses grandes pièces froides et austères le rendait fou ! Cette bâtisse médiévale était un dédale de courants d'air et de bruits suspects, non imputables à une masse d'air en mouvement. Pour ne pas passer pour un poltron, il n'avait jamais parlé de ses craintes à Sébastien. Son esprit avait commencé à vaciller après qu'il eut étudié toutes les causes possibles de ces sons. Puis, une certitude lui vint : le fantôme du père hantait les lieux.

Dès lors, son imagination n'eut plus de limite. Le spectre homophobe minait la substance vitale de son rejeton dans le but de le rendre inapte à la copulation avec un de ses congénères ! Le couturier avait pu constater, année après année, le changement qui s'était opéré sur le visage et le corps de celui qui ressemblait de moins en moins à l'homme qu'il avait connu. Et si les fantômes n'existaient pas, alors qu'on lui explique pourquoi Sébastien était devenu, en moins de sept ans, une pâle copie de lui-même ! Ses cheveux avaient blanchi, ses yeux s'étaient enfoncés dans leurs orbites, perdant tout éclat, et son visage s'était creusé alors qu'il n'avait pas perdu un seul kilo. Au contraire, il avait grossi !

Le physique avantageux d'antan n'existait plus. À la place, un homme terne et sans attrait, et à présent, il était trop tard ! Le mal était fait, comme sur ce château gagné par l'humidité ! Ce gros corps de ferme sinistre, sans aucune allure, le rebutait. Le rez-de-chaussée comprenant la cuisine et la salle de réception avait été refait, mais pas les étages. L'escalier avec ses grosses pierres était à chaque marche un supplice menant à des pièces sombres, les fenêtres étaient des meurtrières et pas moyen d'échapper à ces manifestations horripilantes ! Bastien savait qu'il ne souffrirait jamais du même mal que son compagnon car il refusait d'y séjourner. Mais comment avouer l'inavouable sans passer pour un cinglé ?!

Il avait cependant mieux à faire que de songer à un fantôme. La Paloma était arrivée à l'heure, c'était exceptionnel, en plus, elle était agréable ! Nathalie arriva quelques minutes plus tard, accompagnée de Cédric. Bastien comprit immédiatement qu'il ne parlerait pas de leur petite affaire. Ici dans son fief, il était le maître, le garçon était visiblement intimidé.

Se débarrasser au plus vite de ces deux-là, tel était son plan ! La pièce où il avait conduit le groupe était exiguë. Ainsi, il espérait que cet espace sans charme mais surtout sans aucune animation lasserait très vite la star de son caprice.

« À cause d'une simple vexation ! » pensa-t-il.

Il n'allait pas perdre trop de temps, il en était sûr.

« Alors *sweety, baby* comment tu vas ? On recommence une petite danse, voir comment tu bouges, *move your body* ! »

Marc, le factotum de l'atelier apporta un CD de la chanteuse. Cette fois encore, l'homme à tout faire avait parfaitement agi en ne choisissant pas la concurrence. La Paloma reconnut la couverture scandaleuse du coffret. Rouges, les cheveux, la bouche, la robe échancrée, les flammes à l'arrière. La scandaleuse prenait la pose, le cou tendu et offert. Derrière elle, une rangée de croix en feu ! À la sortie du clip, le pape en personne avait réagi ! La réaction outrée du plus haut dignitaire de la chrétienté avait fait le tour du monde, apportant une notoriété internationale au petit film musical. Tous se précipitèrent pour voir les images scandaleuses ! Jamais personne avant elle n'avait osé une telle mise en scène.

La Paloma disputait une croix pectorale tenue par une longue corde à un homme en habit de moine. Des anges couronnés d'auréoles blanches accompagnés de démons coiffés de cornes rouges se joignaient au jeu de la corde, tirant d'un côté et de l'autre ! Les déguisements étaient puérils mais tous exhibaient une musculature saillante. Un feu rouge et sombre à l'arrière-scène se reflétait sur leurs pectoraux luisant d'une sueur faite d'huile sèche. Le moine envoyait valser sa bure dans les airs tandis qu'ils se soumettaient tous à la chanteuse, à genoux, implorant son regard. C'était elle, la divinité !

Sitôt après la réaction papale, des journalistes s'empressèrent de demander au pontife si lui-même avait regardé les images offensantes sur lesquelles il imposait un boycott. Il répondit par la négative, jugeant qu'elles n'en valaient pas la peine mais qu'une description lui en avait été faite.

La presse internationale s'était emparée du scandale, la Paloma avait fait les gros titres, ce qui, finalement, fut une publicité favorable pour la jeune chanteuse, qui fit aussitôt son mea culpa ! Le Vatican préféra se taire, se retranchant dans le silence pour ne pas se compromettre davantage avec celle qui incarnait à présent une liberté nouvelle aux yeux de la jeunesse. *Confess me* avait été un succès planétaire comme, par la suite, le premier album de la star.

Une musique aux accents lascifs se fit entendre dans le petit local. Bastien écoutait le début de la chanson, il connaissait ce tube pour l'avoir non seulement entendu des dizaines de fois mais surtout apprécié. Certes, la Paloma n'était pas vraiment une beauté ni une personnalité attachante mais lorsqu'elle chantait, elle dégageait une énergie nouvelle. Aucune artiste femme avant elle n'avait été aussi loin dans la provocation. Elle jouait avec son corps et celui des autres comme si tous n'étaient faits que pour contenter son plaisir charnel. Elle fut la première à mettre en scène une libido déchaînée aux antipodes de ce qui était jusqu'alors toléré.

Sexuellement dominante, elle dictait leur conduite aux hommes, qui se soumettaient à elle sur scène et dans ses clips, suscitant parmi le public, hommes et femmes, des plaisirs jusqu'ici interdits par la morale. Parfois, des critiques s'élevaient contre cette forme de décadence mais le plus souvent, on la félicitait pour ses provocations, qui étaient comme une nouvelle liberté acquise pour la société, d'autant que la Paloma prit rapidement la défense de minorités, dont elle devint l'idole.

Le couturier était à chaque fois surpris par la voix de la chanteuse, le contraste était étonnant ! Comment une personne si vulgaire d'ordinaire pouvait-elle modifier son timbre à ce point-là ? Même son accent américain mâchonnant les mots comme « une langue chewing-gum » devenait parfaitement audible.

Bastien se l'avoua, il aimait la chanteuse mais pas la femme qu'elle était !

La magie opéra immédiatement sur toute l'assistance…

Ce qui surprit encore plus Sébastien, c'était cette fille ordinaire qui se mit à danser d'une manière très particulière. Tous la regardaient, mais elle ne semblait pas gênée ! Sur la pointe des pieds, ses jambes ondulaient comme deux ressorts mal ajustés au bassin. La tête légèrement baissée avec un air têtu, les yeux en dessous. Bastien évalua ce corps comme un spécialiste des formes féminines.

« C'est un corps mal fait ! De trop longues jambes par rapport au buste et ses bras tombent si bas comme ses cheveux raides, elle n'a rien d'une femme, ce n'est qu'une ado disgracieuse ! »

Il remarqua avec surprise que Marc la dévorait des yeux et Cédric, qu'il pensait totalement homo, avait l'air d'un idiot… Elle, elle ne regardait personne, les yeux dans le vague !

« Aurait-elle pris des drogues ? », se demanda le couturier.

Personne ne parlait dans la pièce, seule la musique emplissait l'espace, ainsi que les minauderies de la jeune femme. Un cercle s'était créé autour d'elle comme pour mieux jouir du spectacle. La Paloma la regardait avec de grands yeux sans expression. Bastien n'aurait jamais imaginé que cette fille aurait un autre pouvoir que celui de la faire rire ! N'était-ce pas pour se moquer d'elle que cette capricieuse star lui avait ordonné de danser ? Il pensait abréger cette prestation ridicule dont il n'était nullement responsable, il s'imaginait s'excuser tout de même pour le temps perdu en la raccompagnant, avec son ami prostitué, vers la sortie. Sans doute avait-il sous-estimé ses talents de danseuse !

Il en était là de ses réflexions quand il comprit l'intention cachée de la fille. Dépourvue de réel atout physique, elle savait exciter les hommes tout en se faisant passer pour une sainte-nitouche ! Maintenant, il regrettait de l'avoir secourue la dernière fois. Il fulminait, surpris de ressentir de la jalousie à cause du succès qu'elle remportait auprès de Cédric. Puis il se questionna sur la sexualité de la chanteuse car elle semblait également subjuguée… Comment se pouvait-il que personne à part lui ne comprenne son petit manège ridicule ? Il était donc le seul à éprouver une totale indifférence ? Il dut toutefois reconnaître qu'elle savait y faire, une vraie allumeuse !

Baste sentit sa colère prendre l'ascenseur, son plan avait échoué.

« Une sale garce, fulmina-t-il. Moi aussi, je me suis fait avoir par son air enfantin. Bon, juste le temps d'une chanson et après je la fiche dehors ! »

Ses pensées se calmèrent, il se concentra sur le refrain, qu'il connaissait par cœur.

« *Confess me, my prior !*
Devotee and demons are in me.
Possessed by fire, i like men and women !
I give myself, my prior, love me more !
Love me more, my prior ! »

Nathalie savait jouer avec les pulsions des hommes. Son innocence était feinte, ses gestes calculés. Le regard en dessous, la bouche boudeuse, le cou oscillant. Sur la pointe des pieds, elle dansait. Les mains ouvertes le long des cuisses, elle ondulait. Elle savait allumer la flamme du désir dans les regards masculins. Un jeu subtil que la jeune femme maîtrisait parfaitement. Dans ce rôle, elle aimait prendre le dessus sur ces hommes devenus ses marionnettes. Elle savait repérer chez eux la douloureuse faiblesse, la rupture dans le regard lui signifiant que le jeu pouvait devenir dangereux… Elle s'arrêtait à l'instant où la pupille s'assombrissait. Ce clignement douloureux dans le tréfonds de leur cervelle transperçant l'iris indiquait des sentiments sauvages que rien ne pouvait stopper ! Aujourd'hui toutefois, elle désirait franchir la limite… Et c'est à ce moment précis qu'elle leva la tête et les fixa avec la même intensité.

La musique s'accéléra. Elle en profita pour rejeter sa tête en arrière, le cou offert aux regards des deux hommes. La jeune femme se félicita de sa victoire, elle les avait conquis haut la main !

L'air dans la pièce était chargé d'électricité ! Son esprit jubilait, elle pensait à sa réussite prochaine.

« Le couturier est un homo sans importance, se disait-elle, mais la star, elle, sera attirée par mes qualités de danseuse car je sais plaire aux hommes ! Ne fais-je pas exactement la même chose qu'elle dans son clip ? »

S'imaginant faire partie de la troupe des danseurs de la star, la jeune femme se lâcha complètement, se mit à rire tout en tournant comme entraînée par un manège fou !

Et brusquement, une main la saisit par le poignet, qui lui

fit mal.

Elle ne comprenait pas, regarda bêtement ce bras qui l'empêchait de danser, puis ses yeux remontèrent le long du membre qui la maintenait fermement, et elle aperçut la face courroucée de la Paloma.

« Mais qu'ai-je fait ? » se demanda-t-elle à cet instant.

Elle entendit des mots confus qui l'étonnèrent, des piques qui bourdonnèrent comme des insectes dans son cerveau. Hélas, elle ne rêvait pas, c'est la Paloma qui était en train de lui lancer des insultes en anglais :

« *You're a bitch ! A scrubber ! Bullshit !* »

Une eau glaciale la submergea, l'avala tout entière, elle sentait que cette main la serrait afin de l'entraîner vers le sol. Elle n'entendait plus que vaguement la musique, pourtant à plein volume. Le monde autour d'elle s'était subitement arrêté !

Qu'avait-elle dit ?... Elle n'arrivait plus à s'en souvenir. Elle avait de plus en plus mal et bientôt, elle allait se trouver par terre.

La musique s'arrêta, mais la douleur était toujours là ! Des yeux d'acier la transperçaient mais ils n'étaient rien par rapport à cette main plantée dans sa chair. Elle sentait les ongles de la star, voyait son vernis rouge et se demandait :

« Est-ce que bientôt, ce sera mon sang ? »

Puis, tout alla très vite. Bastien tendit une coupe de champagne à la star avec ces mots :

« STOP ! STOP ! Ce n'est pas la peine de s'énerver pour cette fille, elle n'est rien ! »

La main se relâcha et Nathalie fit un bond en arrière. Elle entendit alors le couturier :

« Ne nous fâchons pas pour une distraction, je vais aller raccompagner cette fille et ce garçon jusqu'à la sortie, il est évident qu'elle n'est pas faite pour le mannequinat. »

Scène III

Sagement assis sur le canapé du salon, ils attendaient qu'on leur serve une boisson non alcoolisée. Entre eux, une bonne distance afin sans doute de ne pas donner l'impression d'être en couple. L'homme et la femme étaient de parfaites copies vestimentaires des années soixante. Pull jacquard pour lui, jupe plissée pour elle. La femme passait son temps à replacer les plis de sa jupe au-dessous du genou, contrariée par l'assise profonde du siège. L'homme avait lui aussi une manie, celle de réajuster la monture de ses lunettes pourtant en place. De toute évidence, ces deux-là n'étaient pas à l'aise. Ils auraient certainement préféré un rendez-vous au château, ce lieu d'un autre âge qui correspondait mieux à leur personnalité. Mais Baste avait accepté l'interview à la seule condition qu'elle se déroule chez lui ! Les deux ploucs dénotaient particulièrement dans son salon à la décoration moderne, « *all-peachy* ». Un luxe de velours pêche encadrait la pièce comme l'intérieur de ce fruit moelleux. Au sol comme sur les murs, une moquette rose et lisse. Aucun meuble, en bois ou en marbre, n'avait échappé à cette coloration d'épiderme délicat. Ils possédaient tous la même teinte rehaussée de reflets orangés. Des lumières savamment cachées diffusaient un halo sirupeux dans toute la pièce. Le canapé complice par sa couleur et sa forme semblait profiter de cet enlisement sucré. Trop moelleux, les corps humains s'empêtraient dans ses renfoncements, d'où l'on ne pouvait se relever qu'avec grande peine ! Seul contraste, une plante avec de très grandes feuilles vertes attirait le regard comme seule échappatoire au rose ambiant.

Baste était assis dans un fauteuil boule, une coquille d'œuf géante d'un beige rosé garni de nombreux coussins.

Enfin, Sébastien arriva avec un plateau. Les conversations avaient été d'une platitude ennuyeuse, des blancs s'étaient installés, laissant la place à de nombreux questionnements. D'ordinaire, les professionnels de la communication étaient extravertis et bavards, pas ces journalistes ! Se pouvait-il qu'ils soient gênés par sa présence ou plutôt son homosexualité ?... En tout cas, ils n'avaient rien laissé transparaître, aucune animosité.

« Serait-ce ma notoriété ? » s'interrogeait le couturier, qui se savait capable d'impressionner certaines personnes.

Son compagnon déboucha un grand cru en louant l'année exceptionnelle, tandis que les deux personnages guindés hochaient la tête.

« Risible, pensa Baste, lorsqu'il est dans son rôle, en maître de maison, alors qu'ils ont refusé catégoriquement toutes les boissons alcoolisées ! »

Sébastien engagea la conversation. Instantanément, Baste s'en détacha quand il entendit ces mots trop coutumiers, « croisades », « templiers », « honneur », « château », « prestige »… Parfois, « tout le tralala » sortait du lot parmi le vocabulaire trop souvent entendu. Cette expression réveillait Baste, l'interrogeant sur la pertinence de cette formule enfantine. Il en concluait que ce tic de langage était inapproprié, comme toujours ! Et l'histoire était toujours la même ! Baste ne l'écoutait plus depuis longtemps.

Finalement, sa présence se révélait inutile alors qu'il n'avait pas eu le temps d'arranger son affaire ! Son amie la Paloma l'avait quitté fâchée, allant jusqu'à le menacer de ne plus le voir. La scène avait été terrible après le départ de cette fille !

« Baste… peux-tu… ? »

Parlait-on de lui ? Il avait saisi son prénom sans prêter attention au reste de la phrase.

« Oui, je vous écoute ! »

Son compagnon le fusilla du regard et reprit.

« Nous pensions à une séance photos, nous poserions ensemble dans différentes pièces du château et devant la façade sud, N'EST-CE PAS BASTE ? »

Le haussement de ton ne laissait pas de place à la moindre hésitation et soudain, il eut une illumination. Non, il ne voulait pas poser avec son compagnon, il ne l'avait jamais voulu !

L'esthétisme ne pouvait être au rendez-vous, mieux valait encore cette fille, cette fille de rien, prête à accepter n'importe quoi, cette Nathalie ! ! !

« Je pense qu'il serait préférable de faire poser un de mes mannequins, une sublime créature habillée d'une de mes meilleures créations. »

Au mot « créature », la femme ouvrit de grands yeux tandis que son confrère se penchait en avant, les lèvres tendues, impatient d'en savoir davantage.

« Elle s'appelle Natalia, elle est d'origine russe, elle commence à peine sa carrière mais elle est promise à un grand avenir, elle a beaucoup de classe ! C'est une beauté froide qui s'accordera parfaitement avec le cadre ! »

Le journaliste, qui n'était pour ainsi dire intervenu que pendant les présentations d'usage, prit prestement la parole :

« Mais c'est une très bonne idée ! Parle-t-elle français ? »

La question était saugrenue. Quel intérêt à ce qu'une mannequin posant pour quelques photos sache s'exprimer en français ?

« Elle parle le français comme vous et moi, répondit Baste. Elle est russe par sa mère seulement. Son père est un fonctionnaire d'État français, qui a travaillé à Moscou. En fait, il s'est fait arrêter pour espionnage mais il a pu s'enfuir grâce à une Russe qui l'avait prévenu. Enfin ! Tout cela, c'est de l'histoire ancienne, qui remonte aux années soixante ! »

Le couturier donnait une nouvelle vie à celle qu'il allait devoir contacter, sachant que la convaincre de changer d'identité n'était pas un problème.

« Ah ! commenta le journaliste. La beauté russe et la distinction française ! Voilà qui me rappelle une chanson… *La place rouge était vide. Devant moi, marchait Nathalie…* »

Surprise, sa collègue le regarda avec insistance, pour lui signifier sans doute son inconvenance. Désireux de partager ses préférences musicales, il entonnait le refrain en traînant sa voix sur la voyelle la plus aiguë.

« *Il avait un joliii nom, mon guiiiide, Nathaliiiie !* »

« Décidément, se dit Baste, cette soirée ennuyeuse devient tout à coup très drôle ! »

L'homme s'échauffait, sa face prenait des couleurs, ses yeux brillaient. Baste comprit qu'il pouvait faire de ce mauvais chanteur son allié !

« Nathaliiiie ! »

Il fallait les convaincre tous…

« Ah ! Gilbert Bécaud, mon chanteur préféré, l'âme slave semble froide mais il faut se méfier des eaux dormantes ! »

Sa collègue l'interrompit sèchement :

« L'expression correcte est "Il faut se méfier de l'eau qui dort" ! »

Elle espérait ainsi mettre un terme à cette prestation qu'elle jugeait sans doute regrettable. Mais Baste reprit la main, il ne fallait pas qu'elle gâche cette bonne ambiance !

« Nathalie… »

Comme il ne connaissait pas la chanson, il improvisa :

« Nathalie, la Russiiie, si joliiie et Pariiis… »

Son compagnon interloqué le fixait, semblant lui dire « Arrête ce massacre, je t'en prie ! ». Il fit semblant de ne pas comprendre son message implicite. Heureusement, le journaliste connaissait les paroles par cœur ! Sa voix recouvrit celle du couturier, qui en profita pour se taire… Entonner la chanson ne lui suffisait pas ! Il désirait montrer l'étendue de son répertoire mais plus encore, faire taire son mauvais double, cette femme professionnellement incompétente. Et c'est pour la fâcher un peu plus qu'il se mit à chanter…

« Et Moscou, les plaines d'Ukraine… Et les Champs-Élysées, on a tout mélangé, et l'on a chanté… »

Presque malgré lui, il finit par dire :

« Dommage que je ne puisse servir de guide à une si belle fille ! »

Il se reprit mais il l'avait dit, étonné par lui-même, puis il s'était tu, observant autour de lui les réactions. Baste le sauva de sa gêne :

« Nous avons tous besoin de guides dans la vie, et c'est pour cette raison que vous êtes ici, pour défendre les valeurs, le patrimoine de la France ! »

Le subterfuge était grotesque, la flatterie grossière, mais tous se rallièrent à ses propos, surtout la femme journaliste, qui pour la première fois de la soirée offrit un vrai sourire. Baste fut soulagé. Poser avec son compagnon prématurément vieilli, devant ce château décrépi était au-dessus de ses forces !

Les discussions reprirent, plates et sans intérêt. Il se renfonça au fond de la coque de son fauteuil. Dans son abri, le couturier pouvait penser librement à ce qu'il devait faire afin de sauver sa relation avec la Paloma, car il s'agissait tout de même d'une grosse affaire ! Il ne pouvait se permettre de la perdre ! Mais que s'était-il passé au juste ?... Encore, une fois, il était intervenu avant que ça dégénère ! La fille était-elle responsable ? Non ! Elle ne méritait tout de même pas la réaction folle de l'autre ! Une cinglée, une furie. Elle était sur le point de la taper, de la rouer de coups, il l'avait vu dans son regard, une haine totale ! Et après, il l'avait raccompagnée à la sortie, comme l'autre soir, à la boîte de nuit... Lorsqu'il était revenu, il n'y pouvait rien ! Elle a osé l'injurier... Ils avaient tous pu entendre. Ah ! la façon dont elle l'avait traité ! Pourquoi tenait-il à arranger l'affaire avec cette femme vulgaire ?... Une star, elle ? ! Il allait lui montrer qui il était, un minimum de respect ! À moins qu'elle lui fasse des excuses… Mais le problème, c'est que tout le monde avait entendu, dans l'atelier, ils avaient compris ! Ils savaient tous à présent qu'on pouvait le traiter comme un chien ! Non, il n'allait pas en rester là ! Cette pute vulgaire allait payer ! ! !

Scène IV

Jeudi, la joie ! Jeudi, ce jour merveilleux ! Ce lundi maudit, elle pouvait heureusement l'effacer ! Aujourd'hui, enfin la chance lui souriait ! Tout ce que lui avait dit Cédric pour se sortir d'affaire était inutile, puisqu'il lui avait téléphoné !

Dès qu'il prononça son prénom, Nathalie reconnut sa voix. Baste Nikolao, le grand couturier en personne lui avait proposé un shooting pour un prestigieux magazine, *Haltes et Châteaux*. Cette revue lui était inconnue et d'ailleurs pourquoi se serait-elle intéressée aux châteaux ? Mais à présent, le sujet la concernait ! Ce magazine s'adressait à la haute société, un échelon supérieur qui lui permettrait de se faire un nom ! Elle comprit que son patronyme s'accordait mal avec l'idée de noblesse.

« *Haltes et Châteaux* avec en couverture, Nathalie Charlier ! »

Elle essaya d'abord de modifier une lettre, puis deux, et

ainsi de suite. Durant de longues heures, elle tenta de se trouver un nom à la hauteur de l'avenir qui l'attendait. Mais aucun n'était assez parlant ! Surtout après ce terrible lundi ! Ce jour maudit ! Sa vie avait pris l'allure d'une descente aux enfers, bien que Cédric, son compagnon d'infortune, chassé lui aussi de l'atelier de couture, ait réussi à la convaincre que la suite serait favorable ! En état de choc, la jeune femme n'avait pas compris immédiatement ce qu'il voulait dire... Le sourire complice que lui adressait celui qui avait échoué, comme elle, sur un trottoir avait été une agression de plus ! Et lorsqu'elle entendit sa cruelle remarque, elle fut persuadée de sa méchanceté. Elle avait fait l'effet d'un électrochoc à Nathalie, qui était sortie de sa torpeur, et avait soudain retrouvé sa pleine lucidité... Il lui avait dit :

« Quel dommage qu'elle n'ait pas réussi à te frapper ! ! ! »

Ce brusque retour à la réalité, face à ce garçon qui semblait s'amuser de la situation, l'avait mise en rage ! Ce garçon qui tant de fois avait essayé de la séduire, jouant les chevaliers servants, se permettait de la traiter comme une merde ! Toutes les frustrations des mois passés, des années à espérer, de ses rêves brisés en ce jour éclatèrent en un cri strident :

« Connard ! »

Et lui répétait en boucle, comme un idiot :

« Mais réfléchis, réfléchis, réfléchis, écoute-moi, mais écoute-moi ! »

Réfléchir à quoi ? ! Elle l'écouta...

À présent, elle réfléchissait chez elle, mais d'une autre manière ! Plus besoin de Cédric ! Et pas plus de son très bon ami, le grand avocat ! C'était bien plus simple de poser pour des photos, de faire l'aguicheuse, la lolita sexy ! Celle que tous les hommes auront envie de posséder afin de lui apprendre comment faire l'amour ! D'ailleurs, en pensant à cet acte charnel, des images lui revinrent en tête. Hélas… elle voyait Cédric ! Elle le voyait se presser contre un corps, celui d'un homme, dans un recoin sombre du Grand Théâtre, à l'étage supérieur. Ce soir-là, elle l'avait aussitôt reconnu.

Hommes, femmes, combien étaient-ils chaque soir ? Des dizaines peut-être, à demi cachés, au fond de recoins sombres, derrière des portes, dans les toilettes… C'étaient des bruits furtifs accompagnés de mots vite prononcés. D'habitude, la jeune femme préférait ignorer ces ébats et ces mêlées de morceaux de chair disposés à la vue, comme sur un étal, des plus vicieux ! Ils devaient tous rester des inconnus pour elle… Mais ce fameux soir, elle avait croisé sans le vouloir le regard de Cédric. Les yeux du garçon s'étaient accrochés aux siens comme ceux d'un reptile, ils lui avaient glacé le sang ! Elle fut prise d'une répulsion physique en les voyant, lui et l'autre, qui levait les yeux au plafond, indifférent à toute présence, la bouche ouverte, gémissant… Bizarrement, elle fut un peu vexée de savoir que Cédric s'intéressait également au sexe opposé. Elle fut tout de même soulagée de n'avoir jamais accepté ses avances car à cet instant, en plein acte sexuel avec un autre, sans aucune gêne, il l'avait dévisagée avec affront. Sans une parole échangée, Nathalie avait saisi son message implicite :

« Peux-tu me regarder prendre ce corps et le soumettre, voudrais-tu que je fasse de même avec toi ? »

Son dégoût avait été immédiat ! Elle avait détourné les yeux mais elle avait eu le temps de voir son triomphe car elle n'avait pas osé !

Depuis, la jeune femme savait qu'il connaissait son secret, elle n'était pas celle qu'elle prétendait être, une fille facile prête à baiser à la moindre occasion ! Pourtant, il n'en tira pas avantage, il continuait à l'aborder comme avant, en jouant les séducteurs. Et pourquoi pas ? Il suffisait d'effacer certains souvenirs de sa mémoire, faire semblant de ne pas avoir eu honte ! D'ailleurs, c'était flatteur, il était le sosie d'un chanteur célèbre ! Se montrer avec lui était un atout, ils formaient un couple qu'on ne pouvait ignorer !

Mais sur ce trottoir, elle n'avait pu supporter les images qui lui revenaient en tête. Son regard était repoussant… Fallait-il le frapper, pour qu'il cesse de la torturer ?… « Réfléchis, réfléchis, réfléchis ! » Ces mots répétés avec cette main tendue en avant lui signifiant de se calmer, avaient donné un répit à sa fureur !

Aussitôt, il s'était dépêché de parler… Elle l'entendit raconter des histoires où il était question de millions ! Des chiffres faramineux, elle pouvait devenir riche grâce à lui ! Les yeux de Cédric brillaient, elle eut envie de l'écouter attentivement. Ses histoires incroyables se passaient toutes en Amérique, où, d'après lui, l'on pouvait devenir riche plus facilement que partout ailleurs ! Elle avait d'ailleurs déjà entendu parler d'histoires semblables, où il était question de fortunes faites dans d'absurdes circonstances. Cédric lui raconta l'histoire d'un homme devenu riche, à cause d'une tasse de café bouillante renversée sur ses testicules par la faute d'une hôtesse de l'air, à la suite de quoi il était devenu impuissant. Il lui dit qu'un autre avait eu la chance de glisser sur une frite dans un fast-food, de finir à l'hôpital, traumatisé, etc., etc. Il n'en finissait pas, des anecdotes, il en avait à la pelle ! C'était un fameux copain qui les lui avait racontées et il était avocat ! En plus, il avait de l'ambition, il voulait devenir celui qui gagnait des procès comme les Américains… Le seul hic pour Nathalie, c'est qu'elle n'avait pas été réellement frappée par la star, ce qui était dommage, car un coup lui aurait rapporté davantage, même si l'on pouvait arranger ça, en parlant d'un traumatisme psychologique…

Ils avaient passé l'après-midi ensemble, il avait sniffé une ligne de coke sans lui en proposer. De toute façon, elle n'avait jamais osé franchir le pas ! Tout de même frustrée, elle s'était dépêchée de le quitter alors qu'il parlait passionnément des États-Unis et de son voyage à New York.

Depuis, plus aucune nouvelle… Seule, elle avait commencé par déprimer, ne plus y croire. Les joints ajoutés à la prescription du Docteur Pelvrin n'avaient pas réussi à la sortir de son découragement.

Mais aujourd'hui, elle jubilait ! La scène où la Paloma avait saisi violemment son poignet était devenue juste une empoigne entre nanas déjantées et c'était drôle ! Demain, vendredi, il lui avait déjà fixé un rendez-vous ! C'est dire à quel point il était pressé de la voir ! Elle retournerait dans son atelier la tête haute en montrant à tous qui elle était !

Scène V

« Natalia, Natalia, criait Baste, où êtes-vous ? »
« Il faut que je la trouve avant lui, on ne sait jamais… » se disait-il.

Il pensait pouvoir gérer l'apprentie mannequin le temps d'une séance photo mais alors que tout était prêt, on ne la trouvait pas, Natalia avait disparu sans raison apparente !

Il l'avait pourtant préparée physiquement : détartrage chez le dentiste, manucure, esthéticienne, coiffeur et surtout, relooking ! Son compagnon connaissait le milieu du mannequinat, il aurait compris la supercherie en la voyant au naturel, comme les autres ! Il avait dépensé une somme d'argent certaine, mais engager une professionnelle lui aurait coûté beaucoup plus cher. Celle-là posait gratis, c'était en sorte un service mutuel qu'ils se rendaient ! L'important était de faire plaisir à son compagnon sans trop s'exposer !

La maison Fardin avait habillé, à partir du début du XXe

siècle, les plus grands de ce monde, des femmes de présidents comme des stars, que ce soit en France ou aux États-Unis ! Puis à la mort de la célèbre créatrice Fifi Fardin, fondatrice de la marque, l'entreprise avait commencé à péricliter. L'âme de la prêtresse de la mode s'était éteinte tout comme les ventes. Personne ne fut plus à la hauteur de celle qui dictait :

« Ne jamais couper un genou, long ou court, il faut choisir mais pas au milieu ! »

Personne n'avait osé déroger aux règles émises par la vieille dame morte à un âge canonique. Celle qui incarnait *the french touch* restait immortelle, indétrônable ! La marque était tombée en désuétude, et lui seul avait osé, il avait imposé son style et à présent, il était mondialement connu ! Son nom, Baste Nikolao, s'inscrivait à présent dans l'histoire de la mode. Rien ne devait ralentir ou même ternir ce qu'il avait créé grâce à ses idées novatrices, il possédait une parfaite vision de ce qui était juste de faire ou pas ! Il n'allait tout de même pas solliciter Cindy, anciennement Marie-Claire, Zoé ou Maya !!! Faire venir l'une d'entre elles, ici, dans cet endroit entouré de champs à labour à perte de vue ! Les faire poser devant ces vieux murs ou dans ce jardin au gazon non entretenu !!! Et pire encore, à l'intérieur du château !

Mais où pouvait-elle être ? Sûrement pas dans le jardin ! Et le shooting qui devait se faire dans la lumière matinale…

« Natalia, Natalia, où êtes-vous, ma chère ? »

Ne pouvait-il pas se taire ! Ce soi-disant enfant de chœur, ce vieux garçon bon chic bon genre, allant jusqu'à faire un baisemain à cette fille, le comble du ridicule ! Et elle, faisant mine d'être comblée par ce crampon ! Et ensuite, alors qu'on la préparait, il lui tenait encore la jambe et tout ça pour ensuite être incapable de lui dire où elle se trouvait ! Alors qu'il était occupé à établir les plans avec le photographe et que tout le monde s'affairait, elle avait disparu. Nathalie ou plutôt Natalia s'était évaporée comme par enchantement ! Cela ne pouvait qu'être volontaire, mais pourquoi ? Durant plus d'une semaine, pas une fois elle n'avait montré un soupçon de doute. Cette fille désirait à tout prix devenir une star ! Sa seule crainte était qu'elle consomme de la drogue. Parfois, son regard était vague, perdu dans un autre monde que celui qui l'entourait. Elles étaient quelques-unes à consommer de la drogue, ce qui pouvait poser des problèmes, mais celle-là lui avait promis qu'elle n'y touchait pas, sauf à des pétards, de temps en temps ! De plus, la jeune femme avait elle-même modifié son patronyme, Nathalie Charlier était devenue Natalia Karliera ! Elle possédait de l'assurance et malgré ces quelques petits moments d'égarement, le trac sûrement et c'était tout à fait normal, malgré cela, elle avait été parfaite dans son rôle de composition ! Rapidement, elle avait appris son histoire et tout aussi rapidement avec l'aide d'une professionnelle, elle s'était calquée sur sa démarche. Chaloupant légèrement comme une mannequin, le cou haut, les épaules rigides, les bras souples mais pas trop, le regard sûr ! On aurait dit qu'elle avait fait ça toute sa vie !

Alors pourquoi disparaître au moment où tous ses rêves de célébrités devenaient accessibles ?

Le matin même, elle avait plu à toute l'équipe. Le journaliste l'avait suivie comme un petit chien ! Le photographe avait hoché de la tête en signe de contentement, le cadreur photo l'avait complimentée.

« Son visage prend bien la lumière, très expressive ! »

Et Sébastien n'avait vu que du feu, lui glissant à l'oreille :
« C'est un très beau mannequin, merci pour tout ce que tu fais pour moi ! »

Les appels du journaliste le sortirent de ses réflexions…

« Natalia, Natalia, je vous cherche ! Où vous cachez-vous ? Laissez-moi vous trouver… »

« Se croit-il à un rendez-vous galant, celui-là ? » se dit Baste, en retenant difficilement son agacement.

Il aurait aimé lui crier « Fermez-la ! ». Il bouillonnait de rage en pensant au risque qu'il encourait…

« Ils comprendront bientôt qui est vraiment cette Natalia ! La faute à un concours de circonstances, à cause d'elle, la Paloma, ou les deux. Elles m'ont rendu dingue ! Et ce journaliste ! Ou plutôt, lui, Sébastien avec son foutu château ! ! ! »

L'équipe attendait depuis plus de quinze minutes. Tous interrogeaient du regard le grand couturier, excepté Adrien Lebois, qui ratissait toutes les surfaces vertes, inspectait derrière chaque buisson, bosquet et arbre. Il explorait avec soin la moindre cache. Baste devait mettre un terme à cette comédie.

« Monsieur Lebois, MONSIEUR LEBOIS ! finit-il par hurler afin de se faire entendre, VENEZ ICI, JE VOUS PRIE ! »

Puis, pour lui-même :

« C'est à cause de lui, tout ce bordel ! Il n'a qu'à la trouver et qu'il y aille donc avec ce cinglé de journaliste dans son château maudit ! »

Il fallait lui demander gentiment afin que cette matinée se termine au plus vite !

« Peux-tu aller voir dans le château avec Lebois ? Elle est

sûrement à l'intérieur, il fait sombre, un besoin pressant sans doute. Peut-être s'est-elle perdue ? Je t'en prie, rends-nous service, l'équipe et moi, nous n'arrivons pas à nous concentrer avec les cris de ce monsieur ! »

Puis il rassura l'équipe… De toute façon, ils étaient tous payés à l'heure alors ils n'avaient pas à s'inquiéter, en revanche Baste fulminait intérieurement à l'idée de débourser plus d'argent que prévu à cause de cette fille ! Ainsi cette pimbêche se prenait déjà pour une star en les faisant attendre !!! La matinée allait se chiffrer en milliers de francs… Il devait avoir l'air relax alors qu'il était furieux !

Il se servit un soda et discuta de choses et d'autres avec l'assistante du photographe…

Sébastien était plus à l'aise seul, il n'avait pas fait appel au journaliste. Depuis son plus jeune âge, il avait grandi entre ses murs. Une histoire commune s'était inscrite, un vécu intime mêlant l'histoire de sa famille à son imaginaire. Il avait été un noble chevalier, guerroyant contre de multiples ennemis. Lui et le château s'étaient unis afin de gagner contre le mal, le bien triomphait toujours ! Dans ses innombrables aventures, il avait arpenté tous les longs couloirs, dévalant les escaliers au cri de guerre :

« *Non nobis domine, sed nomini tuo da gloriam !* »

Non pour nous, Seigneur, mais pour la gloire de ton nom ! Bercé par les récits des chevaliers de Malte, son père lui avait transmis sa fièvre guerrière jusqu'au goût du latin. La langue morte devait ressusciter en même temps que ses héroïques aïeux familiaux afin que jamais ne s'éteigne la flamme qui brillait dans les yeux de celui qu'il chérissait le plus au monde lorsqu'il le prenait sur ses genoux, un livre ouvert sur des images anciennes.

Les bruits du château lui étaient familiers. Il pourrait l'entendre dans le silence qui n'en était jamais un ! La jeune femme devait se trouver quelque part, il n'avait qu'à tendre l'oreille ! Il avait demandé au journaliste de chercher dans la salle de réception et dans la cuisine, où il savait qu'il s'attarderait. Sans pouvoir se l'expliquer, il était sûr que la jeune femme se trouvait à l'étage supérieur.

Aucun bruit là-haut n'indiquait une présence humaine, pourtant, il ne s'était pas trompé... Natalia était de dos, accroupie, la robe longue relevée sur ses cuisses, ses cheveux longs cachaient ce qu'elle était en train de faire. Il décida de s'approcher sans faire de bruit, des mots murmurés sortaient de sa bouche par intermittence, inaudibles ! Il jeta un œil par-dessus son épaule et vit qu'elle était en train de se préparer un joint sur un petit tabouret.

À sa vue, la jeune femme sursauta. Elle posa aussitôt les écouteurs de son lecteur de cassettes portatif. Elle ne dit rien. Sans doute avait-elle peur de sa réaction !

« Tout le monde vous attend. Peut-être pourriez-vous fumer votre cigarette qui fait rire plus tard ? »

La jeune femme leva vers lui des yeux apeurés. Il la rassura d'un sourire. Le soulagement fut de courte durée car affronter ce qui lui était demandé sans une aide lui était impossible ! Comment faire ? Elle resta accroupie, les mains suspendues au-dessus du tabac, une petite boulette de shit posée à côté, à peine entamée... Il fallait en mettre plus pour pouvoir le fumer !

Cet homme la regardait, pas méchamment, mais il l'empêchait de finir...

« Vous n'êtes pas bien ?
— Si, si, mais je n'avais pas tout à fait fini ! osa-t-elle répondre.
— Pourquoi fumer ce mauvais tabac ? Un verre d'un alcool bien choisi serait de meilleur augure ! »

L'homme se comportait avec elle comme avec une femme de la haute société :

« Nous n'avons pas eu le temps de faire connaissance. Je suis le baron de la Villette, Sébastien de la Villette, propriétaire de ce château.
— Enchanté, Monsieur le baron… Comment dois-je vous appeler ? »

Elle songeait :

« Autant gagner du temps avec ces salutations d'un autre âge ! »

Réfléchir vite dans les pires situations exigeait parfois de saisir la perche tendue. Instinctivement, la jeune femme comprit que la fonction mais surtout le titre était de la plus haute importance pour cet homme.

« Non, non, je plaisantais, reprit le baron, c'était pour détendre l'atmosphère ! Je pensais que vous saisiriez mon ton ironique, je suis un baron de pacotille, proprio d'un vieux château, vous pouvez le voir, dans cette pièce, vous n'avez trouvé qu'un vieux tabouret qui d'ailleurs vous sert bien et vous sied mal, il n'est pas à votre hauteur ! Je peux vous inviter dans la cuisine. Vous seriez plus à l'aise pour finir votre ouvrage, assise à une table. »

« Woua ! se dit la jeune femme, c'est un adepte des jeux de mots comme l'autre ! Autant en profiter ! »

Elle lui dit :

« J'aime les jeux de mots lorsqu'ils sont bien trouvés, dans une juste mesure ! »

Aussitôt, Nathalie avait saisi le vocabulaire de son interlocuteur et adopté le même ton que cet homme qui, apparemment, aimer charmer son auditoire ! Elle saisit la chance qui lui était offerte afin de se disculper de tout acte répréhensible :

« En fait, Monsieur Lebois pratique également les jeux de mots mais lui, il est comme Lucky Luke, il tire plus vite que son ombre, à chaque phrase, il tire ! Rien à voir avec vous ! Les siens sont nuls, archinuls et je dois l'écouter, et même rire à chaque fois ! Cela a fini par m'exaspérer, j'ai eu besoin de me détendre, je n'en pouvais plus ! Ce type veut absolument me séduire, je ne savais plus comment m'en débarrasser. J'ai foutu le camp et il criait mon nom, Natalia, Natalia ! Vous comprenez, c'est un cauchemar ! Un petit joint pour me détendre, je suis vraiment désolée... »

La mine repentie, elle se leva, et, les yeux baissés, elle attendit. Avait-elle fait mouche ? Allait-il être flatté ? ou rire ?

Il rit, c'était gagné ! Le baron prit aussitôt la défense de la jeune femme :

« Ah mince ! lui dit-il. Le personnage en question doit être dans la cuisine. Je vous comprends, il criait votre nom comme un damné, il semble que vous l'ayez mis au supplice !

— Si vous parlez de supplice, pensez à moi, ne me mettez pas dans la cuisine avec lui !

— Dans ma cuisine, il y a de beaux ciseaux qui serviront à lui couper la langue mais je vais l'envoyer dans le cellier chercher pour vos beaux yeux un millésime introuvable !

— Alors ma cigarette qui fait rire n'est plus nécessaire ! »

Il fallait renoncer à son « petit plaisir », pour que le baron croie que ce n'était qu'un passe-temps occasionnel et pour qu'il ne puisse soupçonner une quelconque prise de drogue quotidienne ! Ce fut difficile, mais elle résista…

Lebois se trouvait effectivement dans la cuisine ! Sébastien savait qu'il serait attiré par les nombreuses victuailles exposées dans la pièce immense. Il avait compris que « faire bonne chère » faisait partie du vocabulaire du personnage ! La culpabilité traversa le regard du journaliste lorsqu'ils entrèrent dans la pièce. Il était en train d'ouvrir la porte d'un placard, pris sur le fait comme un petit garçon, le doigt dans un pot de confiture ! Aussitôt Sébastien le mit à l'aise :

« Ne vous gênez pas mon ami, je tiens ma table ouverte ! »

Aussitôt, l'autre se détendit et profita de l'occasion :

« J'ai l'esprit aussi ouvert que l'estomac, ça tombe bien ! »

Sébastien et Nathalie échangèrent un regard complice.

« Avez-vous également une bonne descente, Monsieur Lebois ?

— Sans me vanter, mon patronyme l'indique, n'est-ce pas ? »

L'homme rit à son propre jeu de mots, ils l'imitèrent et eurent presque un fou rire tant le personnage était grotesque. Mais il ne fallait pas éveiller les soupçons du maître des jeux de mots, se retenir de pouffer de rire leur demanda un grand effort.

« Ah ah ah ah ! Que c'est drôle ! » s'exclama la jeune femme en se pinçant la lèvre inférieure.

Le journaliste mis à l'honneur participait à l'hilarité générale en se glorifiant d'être un brillant esprit. Avec une réelle assurance, il se voyait déjà dans les bras de Natalia, il l'avait conquise grâce à son humour, et, comme avait dit Napoléon, « Femme qui rit est à moitié dans ton lit » !

« Je n'avais pas ri autant depuis longtemps grâce à vous, Monsieur Lebois, Lebois, boira bien un bon vin ! Voyez en face de vous, la porte, elle mène à ma cave à vin. Voudriez-vous aller nous chercher un grand cru, un Pétrus 1970 ? Il se mariera parfaitement à une si bonne compagnie !

— Oui, oui, Bien sûr, je ne cours pas, je vole, avec une grande honnêteté ! *In vino veritas* et…

— Allez-y, allez-y, volez vite mon cher, volez, mais ne tombez dans l'escalier, nous comptons sur vous pour nous ramener ce Pétrus, retenez bien, Pétrus 1970 ! »

Enfin, on n'entendait plus que ses pas qui résonnaient et les deux complices purent se laisser aller…

« Je n'en pouvais plus !

— Moi non plus, lui répondit Sébastien. Il n'est pas près de revenir, vous êtes débarrassée de lui ! À présent, nous pouvons rejoindre l'équipe à l'extérieur car tout le monde vous attend. Vous vous souvenez tout de même que vous êtes l'élément essentiel de ce jour car sans vous, rien ne peut se faire ! »

Après un silence, Nathalie se risqua :

« Alors, donnez-moi un verre de vin ordinaire ou n'importe quel alcool qui se trouve dans cette pièce ! »

Sébastien fut surpris, la jeune femme semblait tout à coup paniquée !

« Mais que se passe-t-il ? Ce n'est qu'un shooting de plus pour vous, vous n'êtes pas une débutante, Bastien m'a dit que vous avez exercé dans différents endroits du globe, pour de grandes marques, au Japon par exemple, où votre air d'éternelle ado a fait sensation ! Et j'imagine tout le tralala qui va avec ! Excusez-moi, mais je suis un peu étranger à ce monde-là, n'y voyez aucune critique de ma part.

— Je ne suis pas mannequin, lâcha-t-elle, je n'ai jamais fait de shooting et je n'ai jamais voyagé à l'étranger ! »

Voilà, c'était dit ! Nathalie ressentit un grand soulagement.

« Pardon ? !

— C'est la vérité et ils vont tous le voir ! Je n'y arriverai pas ! Je crois que je préfère m'enfuir !

— Vous enfuir ? !

— Oui, par une porte dérobée, dans un château comme celui-là, ce n'est pas ce qui manque. Ou alors dans les oubliettes, c'est là que j'aurai dû rester, en anonyme ! »

Dans l'urgence de devoir s'expliquer au plus vite tout en étant suffisamment compréhensible, elle relata en quelques phrases les faits : le Grand Théâtre, la bousculade, sa rencontre avec la star, les deux altercations suivies des interventions du grand couturier, puis son appel téléphonique, sa surprise ! ensuite, le dentiste, le coiffeur et elle était là, dans son château mais ne savait quoi faire…

Sébastien comprit l'essentiel et ne s'attarda pas davantage sur certaines de ses interrogations. Il était clair que Bastien lui avait menti sur toute la ligne. Quelques tromperies pouvaient être acceptables mais ce qu'il entendait dépassait les limites qu'il s'était fixées car il ne s'agissait plus de lui ! Natalia, une jeune femme de seulement dix-neuf ans ! Ah ! Comme c'était facile !!! Il comprit alors que son compagnon n'avait aucune considération pour cette fille et n'en avait pas non plus pour lui. Qui était-il pour lui, un objet, comme cette jeune femme naïve ? ! Quel idiot ! Il avait été idiot de tout lui pardonner…

« Et maintenant, je suis incapable de jouer ce rôle-là ! Je n'y connais rien ! Je ne m'appelle pas Natalia Machin mais Nathalie Charlier ! »

« Sans limite, jusqu'à changer l'identité de cette pauvre fille ! ! ! » songea-t-il avec amertume.

« S'il vous plaît, Monsieur, ou Monsieur le baron, aidez-moi, je ne sais plus quoi faire ? »

Elle le regardait, l'implorant du regard !

« Ne vous en faites pas, Nathalie, je vais vous aider ! »

Il lui fit boire un cognac d'une seule traite. L'effet de l'alcool atténua sa peur. Sébastien en profita pour réfléchir. Sa colère froide l'aidait. Il allait prendre sa revanche ou plutôt, il allait restaurer la dignité de cette jeune femme et par la même occasion, la sienne !

Très calmement, il lui expliqua ce que personne ne lui avait encore dit. Il s'agissait de la prendre en photo sur le perron du château et dans la salle de réception. Uniquement deux plans ! Le photographe lui indiquerait les poses à prendre et c'était tout.

Nathalie fut étonnée, ça n'avait pas l'air si difficile que ça…

« Je me placerai derrière le photographe et je vous encouragerai du regard ! Vous allez réussir, je vous assure, j'ai vraiment cru que vous étiez un mannequin professionnel. Vous êtes parfaite dans ce rôle donc continuez de la même façon ! Juste une petite matinée et ensuite c'est fini ! Parole de baron, la noblesse m'oblige à être un homme honnête ! Écoutez-moi, Mademoiselle Nathalie, vous êtes non seulement belle mais aussi intelligente, drôle et spirituelle !

— Ah ? Si vous le dites… Je veux bien… Mais juste un demi-verre de plus, s'il vous plaît Monsieur le baron !

— Ok, et n'oubliez pas, vous vous appelez Natalia et tout le tralala, pas de gaffe, ni vous, ni moi ! »

Ils sortirent en souriant. Natalia se dépêcha de rejoindre l'équipe, le baron se plaça à l'endroit attendu.

Le trac avait disparu laissant la place à une envie de bien faire afin que cet homme, qu'elle ne connaissait pour ainsi dire pas, continue à la soutenir comme l'aurait fait un ami.

Tandis que le photographe la mitraillait et qu'on n'entendait qu'un bruit sec et continu, la porte à l'arrière s'ouvrit brutalement. Apparut dans l'objectif un homme brandissant une bouteille, en criant :

« Pétrus 1970 !

— Mais merde ! Enfin ! C'est pas du boulot ça ! Qui c'est, celui-là ? proféra le photographe à l'encontre de l'intrus qui se permettait de gâcher ses prises.

— Je suis désolé, je pensais bien faire ! »

« Tiens, plus de jeu de mots ! » se dit Nathalie.

« Qu'est-ce qu'il est con », pensa Baste.

Sébastien n'en revenait pas, il avait déniché une bouteille qui n'existait pas !

C'était un signe ! Le signe de sa revanche !

Scène VI

Dix jours de folie ! Il n'aurait pas tenu plus longtemps ! Mais alors, quelle publicité ! Où qu'ils aillent, des photographes !

Il l'avait raccompagnée à Orly, et puis le grand vide… Baste Nikolao se sentait seul dans son bureau et pourtant il ne l'était pas ! Les bruits habituels franchissaient aisément sa porte ouverte. D'ailleurs, il n'arrivait pas à se concentrer à cause d'elle, il s'impatientait, irrité par sa question. Ne pouvait-elle pas attendre ?

« Vous me faites perdre mon temps, la Fashion, c'est en janvier et avant ça, vous vous souvenez tout de même que je dois concevoir les habits de scène de la plus grande chanteuse internationale, ça ne vous dit rien ?! Pourtant, j'ai fait un brief à ce sujet, pas plus tard que ce matin !

— Oui, Baste, mais vous m'aviez chargé d'une autre mission, celle de…

— Eh bien faites-le alors et ne me dérangez pas ! »

La seconde d'atelier, Adeline, tourna les talons, visiblement vexée. C'était toujours elle qu'on envoyait lorsque l'humeur du couturier indiquait qu'il valait mieux ne pas le déranger !

Assis à son bureau, devant ses premières ébauches, il n'était pas content de lui. La Paloma était une cliente exigeante et il devait créer les costumes de scène pour sa prochaine tournée mondiale. La veille de son départ, elle avait rapidement dessiné des bonshommes sur une feuille blanche. Bastien n'avait pas fait attention à son croquis ridicule. Mais à présent, il regardait bêtement ce qui ressemblait à de gros têtards. Un enfant de quatre ans aurait fait tout aussi bien ! Le crayon à papier n'avait fait que des moulinets dans les airs, déconcertant le couturier tandis que la Paloma, exaltée, lui parlait de la précédente Fashion Week, disant qu'elle n'avait malheureusement pas pu se libérer mais que les photos étaient suffisantes pour se faire une idée. Elles montraient de magnifiques créations artistiques, et elle voulait la même chose ! Et comme excitée par ce qu'elle décrivait, avec de grands gestes, elle avait parlé de combinaison en latex, et imité un corsage en forme d'obus sur sa propre poitrine, qu'elle avait qualifié de « *wonderful !* », « *gorgeous !* ». Et dit « *amazing !* » en parlant de ces photos dans la presse montrant des hommes tenus en laisse avec des cagoules et ces fouets !

Mais que voulait-elle en vérité ? Il n'allait tout de même pas confectionner des tenues pour un film pornographique voué au culte SM ! Bien sûr, il avait fait défiler quelques mannequins cuirs mais ce ne fut qu'une scène parmi des dizaines d'autres ! Et aucun n'avait de fouet, ni de cagoule !

Il se sentait de plus en plus seul…

Et Sébastien qui ne répondait pas au téléphone ! Ce n'était pourtant pas son genre !

« Peut-être est-il fâché ? se demanda Bastien. Mais n'ai-je pas mis toutes mes affaires de côté pour l'aider ? Je lui ai trouvé un mannequin, j'ai investi du temps et mon argent, rien que pour lui ! Il pourrait tout de même me répondre ! »

Des voix hystériques résonnaient encore dans son esprit. C'était comme si des centaines de fans exigeaient qu'il finisse au plus vite ses croquis afin de les soumettre à cette femme hors du commun.

La capitale de la France était tombée aux pieds de la chanteuse américaine ! Paris n'avait plus été Paris après son arrivée ! Sa vie à lui s'était effacée pour laisser place à une fiction digne de Hollywood ! Durant huit jours avec la star, il avait vécu comme dans un film d'action. Des motards de la police comme escorte ! La Paloma était attendue à l'Élysée !

Depuis les fenêtres teintées de la limousine de la star, il avait cru à un rêve. Toutes les routes menant à l'Élysée avaient été dégagées. Ils avaient filé à toute allure comme portés sur un nuage… Sa chère amie l'avait invité à rencontrer avec elle le président et sa femme, en présence de photographes censés immortaliser ce moment unique ! Après de nombreuses salutations chaleureuses sur le perron du palais présidentiel, ils avaient rencontré la presse, présente en grand nombre. Puis, toujours sous escorte policière, ils avaient fait un petit tour de la capitale, avec les privilèges d'un chef d'État ! Le soir, ils étaient retournés au Théâtre de la nuit. Fatigué par les émotions de la journée, Baste s'était retiré vers 2 heures du matin, pour la retrouver le lendemain à 9 heures, les traits reposés, sans aucune trace d'une nuit courte, en train de boire un jus de fruits exotiques fraîchement pressés. Charmante, prévenante, agréable...

Le couturier avait été surpris par son revirement d'attitude à son égard. Après leur altercation dans son atelier, la star était partie fâchée, refusant toute discussion. Quelques jours étaient passés pendant lesquels il était resté sans nouvelles de sa part et n'avait pas osé la joindre. Et finalement, un évènement extraordinaire s'était produit grâce à elle ! Une consécration, la sienne ! Il se souviendrait toujours de cette poignée de main présidentielle chaude et puissante, de ces paroles inoubliables :

« Vous êtes un atout pour la France, notre carte de visite au nom de Paris, capitale de la mode, nous rayonnons dans le monde grâce à vous, merci ! »

Ce fut un rêve éveillé, la suite, un feu d'artifice ! La Paloma l'avait félicité à son tour, disant qu'il était un créateur fabuleux, qu'elle voyait l'avenir avec lui et qu'ensemble, ils allaient faire un travail incroyable ! La star décidait de tout, il ne pouvait que la suivre et ce fut un tourbillon d'émotions !

Elle lui avait demandé s'il pouvait l'accompagner chez un joaillier de la place Vendôme. Ce qu'il pensait rester un moment de détente s'était rapidement transformé en moment de folie ! Sur le trottoir, un groupe s'était formé et avait rapidement grossi. Les gardes du corps avaient semblé inquiets alors qu'elle prenait son temps sans se soucier de l'agitation extérieure. Enfin, elle avait demandé qu'on apporte à son hôtel, le lendemain matin, une dizaine de bagues afin de finaliser son choix. À peine sortie de la boutique, elle avait lancé à la foule :

« J'aime Paris, les Français, je vous adore ! »

Des cris avaient immédiatement fusé. La limousine était trois mètres plus loin, trois mètres cauchemardesques à parcourir ! Baste ne sut jamais s'il avait été compressé par l'un des nombreux gardes du corps ou par la foule hystérique presque à portée de main !

Contente de son effet, elle s'était adressée à lui :

« Tu vois, les Français m'aiment ! »

Le remède pour se soulager de ce stress avait été une coupe de champagne servie dans la limousine ! Il l'avait écoutée parler, notamment de Paris. Elle avait décidé de l'emmener au restaurant afin, avait-elle dit, de discuter de la culture française. Le couturier avait rapidement compris qu'il s'agissait surtout de disserter sur les lieux touristiques de la capitale !

« La France est un grand pays, c'est pour ça que je l'aime », avait proclamé la chanteuse.

Elle n'avait pas encore visité le Louvre mais la tour Eiffel et l'avenue des Champs-Élysées, elle connaissait ; Montmartre était à voir une fois au moins dans sa vie ainsi que le cimetière de la mère Lachaise. Il ne l'avait pas reprise au sujet de son erreur, de toute façon ce cimetière avait peu d'importance selon Baste. Puis la Paloma avait parlé de mode, d'artistes actuels, de musique et de cinéma. Enfin, à la table du restaurant, la discussion avait dévié vers « la vie saine à mener ». Elle devait suivre chaque jour un régime spécial afin de rester au top, il s'agissait d'un précepte de vie positive ! Grâce à un métabolisme bien nourri, on pouvait devenir un athlète de la forme ! L'eau minérale ne devait jamais dépasser en sel 18 milligrammes par litre, ce que peu de gens savaient. Elle lui avait posé la question : le savait-il, lui ? Sans attendre sa réponse, elle avait continué : c'était une question de santé pour tous comme manger des fruits exotiques. Ces fruits apportaient plus de vitamines que les autres car ils poussaient sous un grand soleil ; les crudités devaient se manger sans sauce pour stimuler l'assimilation des nutriments. Baste aurait aimé profiter de son plat principal sans être obligé d'écouter son amie vantant les bénéfices d'un régime peu réjouissant ! Son « prince des prés à la saveur champêtre », une pièce de chevreuil fondant dans la bouche avec un léger goût truffé, avait été gâché par le regard réprobateur de la star, qui avait commandé une simple tranche de filet de poisson blanc assortie de quelques feuilles vertes… Il n'avait pas osé prendre de dessert car le sucre faisait partie de sa liste noire et les fruits exotiques n'étaient pas ses préférés. Il l'avait regardée manger un demi-ananas savamment mis en valeur.

Il était resté en sa compagnie les jours suivants, qui étaient passés à la vitesse de l'éclair, et à présent, elle était partie.

Il se sentait perdu. Comment interpréter son dessin ? Il avait besoin d'un conseil ou plutôt d'être consolé par Sébastien, lui seul pouvait le comprendre ! Mais encore une fois, il ne répondait pas !

Téléphoner à la star afin de lui demander des explications supplémentaires était inenvisageable ! Elle avait été claire puisqu'elle lui avait demandé :

« Alors *my sweety*, mon *frenchie* adoré, tu m'as comprise ? »

Bêtement, il avait dit oui !

Il était fatigué et elle s'était montrée si gentille en lui rappelant qu'elle avait débarqué à Paris dans l'une de ses créations, le félicitant encore :

« J'adore le manteau que tu m'as fait. Lorsque je le porte, je me sens dans la peau d'un oiseau, comme dans un rêve, je suis un cygne blanc ! »

Quel bonheur de l'habiller ! Il s'était souvenu de son arrivée majestueuse tandis qu'elle lui parlait, et, perdu dans ce souvenir, il n'avait pas pensé à saisir un simple crayon. C'est pourtant ce qu'il aurait dû faire. Maintenant, il était trop tard ! Il avait promis de lui dessiner un costume en seulement quelques jours !

La panique le gagnait, il allait devoir sortir, prendre sa voiture et aller chez Sébastien, en espérant qu'il soit chez lui. Il lui fallait d'urgence un conseil ! Pourquoi ne répondait-il pas au téléphone ? Où pouvait-il être ? Lui, qui d'habitude était plongé dans un bouquin, qui n'avait d'autre intérêt que ces livres et son château…

« Son château ! »

Qu'il était bête ! Il n'avait même pas pensé au château !

Insistant en vain, le bruit de la sonnerie ininterrompue eut raison de sa patience. Il décida alors d'aller dans le bistrot en face de l'immeuble de Sébastien, dans le VIIIe arrondissement, où, de temps en temps, son compagnon se rendait pour boire un café crème. Sa dernière chance !

Personne, encore personne. La déconvenue était totale !

Pas de Sébastien dans l'établissement, ni dans la salle, ni attablé au comptoir.

Il eut le temps de voir sur l'écran d'une télévision les images d'une région inondée du sud de la France. Et soudain, un déclic. La femme de ménage !

Il n'avait pas son numéro de téléphone. Rien de plus simple, il suffisait d'aller le chercher chez Sébastien, il avait un double des clefs mais ces clefs étaient chez lui. Et on était vendredi, en fin d'après-midi, à l'heure de pointe…

Enfin, on décrocha. Il reconnut tout de suite la femme de ménage de Sébastien à son accent du sud. Il abrégea les salutations d'usage car elle le connaissait et demanda :

« Pourriez-vous me dire où se trouve actuellement monsieur ?

— Avé la jolie fil-lé ! Oh ! ais pes son nom ! »

Madame Dalmasso possédait un fort accent du sud, ce qui en soi n'était pas un problème pour la comprendre, cependant elle n'utilisait aucun pronom personnel. Pourquoi, se demanda Bastien, à cet instant crucial pour lui, personne depuis certainement son plus jeune âge ne l'avait corrigée ?! Le peu de fois où il avait eu une conversation avec elle, il avait préféré abréger. Mais cette fois, il devinait qu'il allait devoir faire preuve de patience.

« Mais de quelle fille parlez-vous ?

— Ais pas son nom ! Euh ! Souviens plus !

— Bref ! Je répète ma question, où se trouve actuellement Monsieur ? Est-ce que vous le savez ?

— Oh ! Oh ! Ose pas vous dire ! »

Mais pourquoi faire tant de manières ?! Le propre des gens du sud ou le sien ?!

« Je ne comprends pas, je suis le compagnon de monsieur, Baste Nikolao, vous vous souvenez de moi, n'est-ce pas ?

— Oui, oui, mais… suis gêne…

— À Gêne ?!

— Oui, il est parti avé une fille.

— À Gêne en Italie ?

— Non, pas en Italie, à Deauville, pas tout seul ! C'est pour ça, suis gênée pour vous, Monsieur !

— Je ne comprends pas !

— Voulais pas le dire ! Désolée, aime pas faire de peine, pensais pas, partirai sans vous mais avec une fille, surtout une fille, comprenez, suis gênée !

— Ah ! Vous êtes gênée et rien à voir avec Gêne en Italie, il est à Deauville avec une fille, c'est bien ça ?

— Oui, monsieur c'est bien ça !

— Et est-ce que vous savez quand ils seront de retour ?

— Lundi, Monsieur ! »

Baste n'avait rien à craindre, son compagnon était homo comme lui, à cent pour cent ! Il pouvait bien partir à Deauville avec une femme, rien ne se passerait !

« Écoutez Madame Dalmasso, j'étais tout à fait au courant, c'est juste que je me suis trompé dans les dates et comme prévu, il est parti accompagné, ce n'est pas un problème !

— Ah ! Comme je suis soulagée ! Merci Monsieur, j'ai eu si peur de commettre une gaffe ! »

« Tiens, se dit Baste, elle est tout à fait capable de parler correctement. »

Il reprit, à l'intention de Madame Dalmasso :

« Je ne retrouve pas le papier où j'avais noté le nom de l'établissement où ils séjournent durant ce week-end, le connaissez-vous ?

— Non, Monsieur ! Euh, une cure de thalasso, je crois ! »

Ainsi, il était parti sans le prévenir !

Mais, oui, il se rappela soudain, Sébastien avait sûrement essayé de le joindre durant ses dix jours de folie où il n'avait pas eu une minute à lui !

Mais qui était la fille ?

Après ce coup de fil, il aurait aimé se reposer comme eux à Deauville ! Qu'on prenne soin de lui, qu'on le chouchoute !

« Tiens, se dit-il, c'est bizarre, je suis jaloux ! Je pensais que Sébastien était incapable de partir sans moi ! »

Il ne lui restait plus qu'à attendre lundi matin, il laissa un mot bien en évidence sur la table de la cuisine :

« Désolé, j'ai loupé ton appel. J'ai essayé de te joindre à de multiples reprises. Heureusement ta femme de ménage m'a dit que tu étais à Deauville car je commençais sérieusement à m'inquiéter ! Je suis content que tu prennes soin de toi ! Depuis le temps que je te dis de le faire, tu as fini par m'écouter ! Peux-tu me téléphoner lundi à mon atelier ? J'aurais tellement voulu être avec toi ! Je t'aime, ton Baste qui t'attend avec impatience. »

C'était un mot plus long que d'habitude car il était inquiet. Il se passait quelque chose. Mais quoi ?... Il l'ignorait. Il avait délibérément omis de mentionner cette fille avec laquelle il était parti !

Scène VII

C'était comme dans un rêve éblouissant, un univers où toutes les surfaces étaient vernies et brillantes ! Un espace aseptisé ressemblant à un hôpital d'un nouveau genre… loin de tout contact ou élément dangereux. Nathalie se sentait flotter. Des bruits d'eau se firent entendre… Elle remarqua alors un jet d'eau, puis deux et toute une rangée… Des personnes plongées à mi-taille dans une eau couleur azur chuchotaient comme dans une église. Accoudée au bord du bassin, elle profitait d'un monde qu'elle ne connaissait pas mais qui lui paraissait si agréable qu'elle avait l'impression de l'avoir toujours connu. Ce n'était pas un rêve !

Des courants chauds et parfois plus froids la faisaient frémir d'aise ou frissonner. Elle avançait à la recherche d'un nouveau jeu d'eau, aussi légère et mobile que la transparence bleutée de la piscine. Couché sur un lit de bulles, Sébastien lui souriait.

Elle vit derrière lui, sur une patère, leurs deux peignoirs blancs aux insignes de l'hôtel de luxe, H.E.D. entouré par une couronne de laurier doré. Elle était bien dans cet endroit fantastique ! Mais elle n'avait pas encore suffisamment essayé la cascade, celle qui se trouvait derrière une grande coupole chargée de plantes exotiques, elle aimait particulièrement le palmier qui touchait un plafond spécialement conçu pour son bien-être, une vitre opaque laissant entrer une lumière filtrée. Elle se dirigea droit dessus mais tout à coup une odeur inhabituelle fortement désagréable en cet endroit vint la perturber, elle n'arrivait pas à l'identifier ! Comment était-ce possible ? Son odorat lui indiqua qu'il s'agissait d'une matière suspecte, inappropriée ! L'information parvint jusqu'à ses récepteurs olfactifs !

Du café !

Elle se réveilla déçue, elle n'était pas à l'hôtel Excelsior de Deauville. Pas plus que dans sa chambre. Mais où alors ? Ce grand lit confortable… cette chambre avec ces meubles chics…

Enfin, tout lui revint ! C'était la chambre de Sébastien, ou plutôt la sienne, comme il le lui avait dit ! Il devait être à la cuisine en train de faire le café, elle devait se dépêcher de se lever.

Depuis une dizaine de jours, sa vie avait radicalement changé. Elle naviguait entre son ancienne existence et celle-ci, dans une réalité pas encore tout à fait tangible… Pourtant, son sens de la vue l'assurait que tout ce qu'elle voyait existait !

Mais se retrouver dans cette chambre luxueuse, dans cet appartement spacieux, appartenant à un baron, était extraordinaire. Elle n'avait pas laissé tomber son studio miteux sans appréhension, mais il avait su la convaincre !

La jeune femme se dépêcha de rejoindre celui qui, en l'espace de dix jours, avait effacé tous ses anciens repères pour en redéfinir de nouveaux. La tête lui tournait un peu, ou était-ce ce rêve éveillé qu'elle vivait ?... Un bonheur qu'elle n'avait jamais connu ! C'était lui, l'homme providentiel, le magicien qui allait prendre en main sa destinée et faire d'elle une star ! Cependant, en moins de deux semaines, il lui avait fait comprendre que le succès se mesurait à la maturité et qu'elle rêvait trop ! Elle devait donc lui donner le change et lui prouver qu'elle n'était pas une idiote. Mentir ou faire semblant, il n'y avait pas une grande différence !

Cependant, l'important était de savoir répondre du tac au tac...

« Alors, toujours aussi ravie de ton déménagement ? Je suis ouvert à toute réclamation sauf au sujet de mon café, rien ne vaut ma cafetière italienne !

— En fait, je ne peux pas réclamer vu que j'ai laissé tomber mon appart pour tes beaux yeux ! »

Leur art partagé de la repartie avait fait d'eux des complices et effacé toutes leurs différences.

Comme deux enfants ayant grandi trop vite, ils aimaient s'amuser d'un rien. Toutes sortes de situations devenaient objets de dérision. D'ailleurs, durant leur séjour dans ce luxueux hôtel, ils n'avaient pas manqué de rire aux dépens d'un grand nombre de curistes !

Mais ce qui avait tout d'abord scellé leur amitié avait été la même envie, se venger ! Et la cible commune à atteindre, Baste Nikolao, avait suscité rapidement un rapprochement entre eux...

« Je dois le dire tout de même ! Ce qui me manquera le plus chez toi, c'est de ne plus voir mon vieux chnoque !

— La belle et la bête, ça te manque à ce point ?

— Bon, tu marques un point mais c'est bien parce que je te l'accorde et surtout nous avons un projet en commun, nous sommes associés, tu dois m'apprendre les belles manières et tout le tralala comme tu dis si bien ! M'introduire auprès de tes chers amis et ainsi je clouerai le bec à l'oiseau qui nous a plumés !

— Ah ! Comme c'est bien dit ! »

Nathalie se surprenait elle-même, elle ignorait qu'elle possédait un tel bagout, un tel sens de la répartie mais elle désirait l'épater, ce baron qui était arrivé dans sa vie au plus mauvais moment !

De son côté, Sébastien s'attachait à cette fille tombée dans un piège idiot, et qui se révélait être très fine d'esprit !

Ils ne s'étaient pas quittés depuis ce fameux jour où il lui avait discrètement demandé son numéro de téléphone. Le soir même, ils s'étaient donné rendez-vous chez elle. Honteuse, elle s'était excusée, en se dévalorisant, il n'avait pas supporté ce mépris qu'elle s'infligeait. Il restait indigné par ce qu'on avait osé faire à cette toute jeune fille, et se sentait doublement trahi ! Certes, les tentations étaient trop nombreuses pour que son compagnon résiste, il n'était pas dupe ! Mais s'en prendre à cette fille à peine majeure et de cette façon ! Ça ne passait pas. Peu lui importait la qualité des meubles, il allait reconquérir son honneur et le sien !

— Ce mot qu'il m'a laissé, je te l'ai fait lire, c'est un fieffé hypocrite ! Il a sûrement des ennuis avec cette star, la Paloma ! Cette folle qui a failli te frapper a dû s'en prendre à lui !

Il a peur de la perdre car elle peut lui rapporter beaucoup d'argent !

— Oui, elle est folle. D'ailleurs, je ne sais pas si je veux vraiment devenir une star comme elle !

— Ne t'en fais pas, je vais tout gérer, je veux que tu réussisses, je suis un peu comme ton père à présent !

— Mais mon père, vous êtes homo, je vous le rappelle ! »
Ils éclatèrent de rire.

« C'est vrai, j'avais oublié ce détail ! Mais revenons au sujet qui nous intéresse si tu veux bien. J'aimerais rattraper un peu de temps perdu et tu peux m'aider car il m'a semblé que tu possèdes de bonnes capacités. Le mensonge est de bon aloi lorsqu'on l'utilise contre un fieffé menteur, n'es-tu pas de cet avis ?

— Si, Monsieur !

— Elle nous joue encore « du monsieur » avec son ton de fillette ! Leçon à retenir, le « monsieur » dit de cette façon ne doit plus exister car il te rend vulnérable et tu n'en as plus besoin ! »

La jeune femme redevint sérieuse devant le regard de Sébastien. C'était ainsi, il passait du rire à ce qui ressemblait à des mises en garde en prenant un air grave. Aussitôt, elle comprenait le message ! Son futur métier de mannequin comportait de nombreux risques. Il lui avait parlé du sort de filles rêvant de gloire mais qui, sans appuis, avaient fini en objets sexuels. De nombreux pervers gravitaient dans ce milieu, sans compter que beaucoup de filles recouraient à la drogue pour ne pas craquer car la pression était très forte et la concurrence impitoyable. Les pilules du Docteur Pévrin étaient d'ailleurs passées à la poubelle, « par prévention », avait-il dit ! À peine avait-elle franchi sa porte qu'il lui avait demandé de vider ses poches, l'obligeant également à lui donner son sac à main, ce qu'elle fit, surprise et fâchée car elle n'avait aucun endroit où dormir !

S'en était suivie une scène ridicule : à la manière d'un chevalier, il s'était agenouillé, promettant sur l'honneur de sa famille que jamais, il ne referait une chose pareille !

« Woua ! Un vrai baron comme au Moyen-Âge ! », avait pensé Nathalie. Cette manifestation d'une autre époque l'avait fait pouffer de rire.

Il s'était aussitôt relevé en pensant qu'il en avait trop fait.

Cependant, la figure solennelle du baron l'avait mise en confiance, elle n'était plus fâchée…

« Que craint le plus un narcissique tel que Baste Nikolao ? Je demande ça à Natalia Karliera.

— Natalia dirait, qu'on se moque de lui !

— Exactement ! »

Natalia Karliera n'existait plus, elle était redevenue Nathalie. Enfin, pas tout à fait. Elle était à présent Nathalie de la Villette, la nièce du baron ! C'est ainsi qu'il l'avait présentée dans les soirées où il l'avait emmenée, après lui avoir appris les bases essentielles du paraître dans la haute société. Ce fut un apprentissage en accéléré, des heures à table à répéter les mêmes gestes devant des assiettes vides tout en s'efforçant de tenir comme il fallait une discussion, autant que les différents objets dressés sur la table, couteaux, fourchette, verres à boire, etc. Heureusement pour Nathalie, la suite fut plus drôle. Le metteur en scène inventa des situations comiques avec des personnages guindés, il savait parfaitement les imiter !

Ce baron ne ressemblait pas à ceux des livres scolaires, toujours très sérieux ! Cependant, comme à l'école, elle dut apprendre par cœur des discussions qu'il appelait des dissertations orales. Et certaines fautes de français étaient inexcusables ! Placer un ou plusieurs compliments adroitement était une règle première afin de se faire pardonner ses quelques erreurs de grammaire. Il fallait aussi ne montrer aucune émotion face à une éventuelle remarque d'un interlocuteur, s'excuser de sa faute par des formules comme, « oui, il va de soi ! » ou plus familièrement « au temps pour moi ! », écouter dévotement les plus riches, s'éloigner des profiteurs et faire le joli cœur sans le paraître… En revanche, en tant que mannequin, elle devait se plier aux règles édictées par des magazines avides de filles sexy n'ayant pas peur de mettre en avant leurs atouts de séduction !

Enfin, il y avait beaucoup à apprendre, elle n'en était qu'au début, des débuts très prometteurs selon Sébastien. Ils avaient tous salué comme il se devait la nièce du baron de la Villette ! Elle en fut fière autant que son mentor.

« Je lui prépare un coup de Trafalgar !

— Qu'est-ce donc ? »

Nathalie était contente d'elle ! Formuler la question avec le « donc » à la fin de sa phrase allait plaire au baron sans oublier ce fameux ton de voix légèrement précieux !

« La bataille de Trafalgar était une bataille navale opposant trois nations. La flotte de Napoléon fut anéantie entraînant de graves répercussions et Napoléon n'était plus invulnérable !

— Mais c'est ce journaliste Lebois en citant Napoléon qui a dit « femme qui rit est à moitié dans ton lit ». Lui, je ne veux plus jamais le voir ! »

Ouf ! Elle avait failli dire « ce mec » !

« Ce n'est pas le plus dangereux, crois-moi et n'oublie pas de toujours te méfier des autres. »

À nouveau, il devenait sérieux mais cette fois, il avait un air mauvais !

« J'ai rendez-vous aujourd'hui avec le plus grand couturier du monde ! Je vais penser à toi ! Ainsi, il me sera plus facile de jouer les innocents, je vais lui faire payer ce qu'il t'a fait ! »

La jeune femme fut émue, il était la première personne sur qui elle pouvait compter. Elle ne le décevrait pas !

« Fais gaffe, ce mec a des relations, je ne voudrais pas que tu aies des ennuis à cause de moi ! »

« Mince, se dit-elle, j'ai raté ma phrase, il va m'en vouloir ! »

Mais il la prit dans ses bras comme un père l'aurait fait avec sa fille. C'était la deuxième fois.

« Ne t'en fais pas ! Par contre, en mon absence, je souhaite que tu révises ton anglais et à mon retour, je veux des résultats. Je sais que tu adores danser et je peux te faire plaisir !

— Oh oui ! Oh oui ! »

Elle n'avait que dix-neuf ans, il fallait en tenir compte, la distraire était nécessaire. Sébastien savait qu'il ne pourrait pas la garder auprès de lui, elle était dans son appartement, comme un lion qui tourne en cage, et bientôt, elle changerait de vie !

De nombreuses connaissances bien placées lui avaient dévoilé toutes les ficelles du mannequinat. Son book avait été fait, des agences, contactées. Et beaucoup dans le milieu connaissaient le baron de la Villette comme étant le compagnon du célèbre couturier, Baste Nikolao. De quoi les intéresser !

Scène VIII

Le café portait bien son nom, Le Libre. En plus, il ne s'était jamais senti tout à fait à l'aise chez Bastien. Trop de rose pêche ! Il n'avait jamais compris cette lubie. Pourquoi spécialement cette couleur ? À présent, cette décoration onéreuse mais surtout kitsch lui rappelait qu'il avait supporté trop de mensonges, jusqu'à l'écœurement. Imaginer le voir, lui, le menteur, dans son appartement aussi rose que son âme était noire lui était impossible ! Et Nathalie était chez lui !

« Tiens, se dit Sébastien en entrant dans le café, pour une fois, il est en avance ! »

Bastien lui souriait. Il lui rendit son sourire. On y était, il allait devoir jouer un rôle de composition… C'était pénible, mais nécessaire !

Rapidement, il comprit que l'exercice serait très facile. Celui qui ne savait pas qu'il était devenu un ex-compagnon s'épanchait déjà ! À peine quelques mots pour lui signifier le plaisir de le voir et il aborda le sujet qui le crispait d'impatience.

Sébastien l'écouta parler, en s'efforçant de garder son calme, comme si de rien n'était. Baste débitait son discours comme sous le coup d'un stress intense, et l'entrecoupait de phrases à son intention, pour le gratifier de sa présence attentionnée :

« Ah ! Heureusement que je te vois ! »

Pire encore :

« Tu m'as manqué ! »

Son hypocrisie mettait Sébastien en rage. Néanmoins, elle avait de nombreux avantages, dont celui de lui ôter toute culpabilité tout en lui donnant envie de jouer le même jeu ! Il fallait qu'il profite de son point d'avance, il n'était plus manipulable et cela, l'homme qui lui faisait face l'ignorait ! Il l'écoutait tout en l'observant, le jugeant méprisable.

« Tu comprends, au final, je ne peux pas lui envoyer ce qu'elle demande mais je dois tout de même m'y coller ! Et c'est vraiment compliqué de lui téléphoner pour obtenir plus d'infos car elle risque de se fâcher, c'est une star internationale, je n'ai pas le droit à la moindre erreur !

— Bastien, Bastien ! Écoute-moi et ne m'interromps pas ! De tout ce que tu m'as dit, je n'ai retenu que « maîtresse femme » ! Oublie les fouets, cagoules et combi latex ! Une maîtresse femme doit imposer sa présence et personne ne doit lui résister ! Voilà la définition exacte ! Et pour le reste, tout le tralala, tu l'as déjà fait ! Les soutiens-gorge en forme d'obus feront très bien l'affaire ! Ce qu'elle désire, c'est être une guerrière puissante, fais-les par exemple juste un peu plus pointus, plus agressifs, à la manière de deux lance-missiles ! Non, je ne rigole pas ! Donne-lui du pouvoir, c'est tout ce qu'elle souhaite ! Tu ne risques rien ! Et ensuite, si elle veut ajouter des fouets à ses danseurs lors de sa tournée mondiale… en quoi est-ce que cela te concerne ?

— Mais oui, tu as raison ! Je ne sais pas ce qui m'a pris la tête à ce point !

— Il est inutile que tu te noies dans un verre d'eau !

— Je te remercie, encore une fois, tu m'as sauvé ! Alors, ce séjour à Deauville ? »

« Vraiment ! se dit Sébastien, tu me prends pour un imbécile… Ne me fais pas croire que tu t'intéresses à moi ! Tu veux juste savoir qui était cette fille ! »

« J'aurais aimé que tu m'accompagnes mais je suis parti sur un coup de tête et je savais que tu étais trop occupé pour venir, je n'ai d'ailleurs pas osé te déranger. Une occasion pareille avec une telle star ne se présente pas deux fois dans une vie ! »

Délibérément, il avait omis de parler de Nathalie puisque Bastien ne l'avait pas mentionnée sur le mot laissé à son intention ! Il connaissait la sensibilité de sa femme de ménage. Cette chère dame avait été gênée de savoir qu'il ne partait pas avec son compagnon. Elle n'avait pu résister :

« Et Monsieur Bastien ne viendra pas avec vous ? »

Il avait lu toutes sortes de questions sur le visage de la femme de ménage, et avait compris qu'il devait éluder le sujet de la fidélité. Il s'était contenté de répondre :

« Je n'aime pas partir seul. Il est trop occupé mais s'il vous plaît, ne lui dites pas ! »

En voyant son regard apeuré, il avait eu envie de la rassurer mais il s'était ravisé car si Bastien avait appelé elle lui aurait sans doute donné trop d'informations par soucis d'honnêteté. Madame Delmalso était un cœur pur !

« Alors, tu n'étais pas seul, là-bas ? »

Enfin la question était tombée, il mordait à l'hameçon !

« Bien sûr, j'allais t'en parler ! Natalia Karliera est venue avec moi, ou plutôt disons qu'elle m'a fait la faveur de venir car elle est extrêmement sollicitée. En ce moment même, elle est à New York pour un shooting ! Nous avons eu le temps de parler, je suis admiratif ! Mais quelle vie, ou plutôt quel commencement de vie ! Toute petite, son père a failli être assassiné par un membre du KGB ! La pauvre est tellement traumatisée qu'elle ne peut plus parler un mot de russe ! »

« Vraiment, se dit-il, je vais trop loin... J'espère que Nathalie me pardonnera, mais il faut que je sache son degré de cynisme. S'il possède une once de culpabilité, il se sentira obligé de me révéler toute la supercherie ! Je lui laisse une chance ! »

Au fond de lui, Sébastien ne décolérait pas. Il eut le temps d'apercevoir un air surpris dans le regard de Baste avant qu'il ne baisse les yeux, muet ! La rage de Sébastien se transforma en jubilation. Il laissa un blanc s'installer, et ne le sauva pas de sa propre noyade !

« Natalia, Natalia... La fille qui a posé devant ton château ? !

— Mais oui, répondit-il calmement, ce ne peut être qu'elle. »

À nouveau, un grand silence, puis Bastien prit la parole pour vanter le courage de Natalia !

Scène IX

Nathalie avait enfin réussi à persuader Sébastien ! Ce soir, ils retourneraient en boîte, au Grand Théâtre, car c'est à cet endroit qu'il avait rencontré Cédric !

Déjà plus de deux mois… Des jours et des jours à ne pas sortir, enfermée dans cet appartement pour apprendre les bonnes manières à table, ce qui était plutôt facile comparé à l'apprentissage du bon français… La syntaxe - « Respecte la syntaxe ! » - mais quelle galère ! Et comme si ça ne suffisait pas, y ajouter de l'anglais ! Seulement quelques mots ou expressions car évidemment, pas assez de temps pour tout caser ! Mais le pire du pire, ses remarques, toujours les mêmes : « Trop de lacunes », « Concentre-toi », « Je ne peux pas le faire à ta place », etc. Être obligée de retourner à l'école avec le pire des profs ! Ras le bol !

Enfin ce soir, elle allait pouvoir s'amuser un peu !

Ce qu'elle avait pris tout d'abord pour un jeu ne l'était

pas. Les soirées ou les après-midi en compagnie de la haute société ne compensaient pas les heures passées à étudier, tôt le matin ou tard le soir. Elle avait découvert en Sébastien un baron ennuyeux, exactement comme ceux des livres scolaires ! Il était devenu un prof sévère qui se prenait pour son père, et elle en avait assez ! Elle n'était pas sa fille ! Et personne ne l'empêcherait de s'amuser !

Elle avait quitté son studio, alors elle était obligée de jouer à la gentille petite fille sage, mais elle avait un plan. Lui mentir ne lui posait aucun problème. Ne l'avait-il pas lui-même entraînée à mentir, dans les agences de mannequin et ailleurs ? Nathalie de la Villette ! Quelle farce ! Il ne la connaissait pas, elle savait mieux mentir que lui et elle allait en profiter !

Si elle l'avait convaincu de sortir, c'est bien parce qu'elle lui avait parlé de Cédric. Cédric serait-il au Grand Théâtre, ce soir ? Elle n'en savait rien bien qu'elle ait assuré le contraire au baron ! Par contre, elle, elle était sûre de rencontrer celui qui, jusqu'ici, n'avait pu la voir qu'en photo. Le faire passer pour son amie, Annette, trop facile ! Et ce prénom faisait beaucoup rire à l'autre bout du fil ! C'était devenu un jeu entre eux !

Comment s'était-il procuré son numéro de téléphone ? Stupéfaite quand elle l'avait entendu la première fois se présenter au bout du fil, elle avait cru à une farce, mais il lui avait assuré que ce n'en était pas une. Depuis une autre pièce, le baron lui avait demandé qui était la personne au téléphone. La jeune femme avait jugé préférable de cacher la vérité :

« C'est Annette, mon amie ! »

Elle avait été surprise par son propre mensonge ! Un rire

à l'autre bout du fil lui avait fait comprendre qu'il l'avait entendue mentir ! Et ce garçon en ligne, était-il vraiment celui qu'il prétendait être ? ! Il prit le temps de lui expliquer tandis qu'elle surveillait les allées et venues du baron… Sébastien avait essayé d'en savoir plus sur sa conversation, mais la jeune femme avait mis aussitôt son véto, lui expliquant qu'elle avait le droit à une vie privée en dehors de sa présence ! Et surtout besoin de parler à une amie de son âge sans qu'il s'en mêle ! La jeune femme était persuadée qu'il n'avait rien deviné, et ce soir, elle allait rencontrer celui qui faisait déjà battre son cœur ! Ce garçon célèbre dont toutes les filles rêvaient, elle y compris, le chanteur Mathias Amer du groupe Daytona ! Une folle excitation l'avait empêchée de dormir jusque tard dans la nuit ; elle avait imaginé de nombreux scénarios au sujet de leurs futures rencontres.

Elle était aux anges !

Nathalie devait réussir à joindre Cédric par téléphone. Lui seul pouvait, comme la fois précédente, faire disparaître celui qui risquait de tout faire échouer ! Elle en était convaincue, si elle avait perdu de vue le baron cette fameuse nuit, c'est qu'il s'était passé quelque chose entre eux ! Hélas, depuis plusieurs jours, elle essayait en vain de l'appeler, il ne répondait jamais !

Il n'était que 9 heures du matin, et déjà la jeune femme trépignait d'impatience !

À présent, elle était parfaitement à l'aise chez le baron et heureusement, car sinon, elle l'aurait laissé décrocher le combiné et il n'aurait jamais accepté qu'elle parle à ce garçon !

Ces deux derniers mois avaient gommé le quotidien terne de son passé. Nathalie avait oublié ses angoisses ainsi que son ancien environnement. Madame Praz et les autres étaient comme morts ! Et si une parcelle de Nathalie Charlier existait encore, Mathias Amer l'avait effacée !

Il avait, pour ainsi dire, surgi dans sa vie à travers un poste de télévision. C'est dans l'émission *Bonjour les Clips* qu'elle l'avait connu. Déjà, il l'avait séduite avec sa guitare électrique, et surtout, son regard, ses yeux légèrement bridés, son allure de *bad boy* et ses mèches rebelles. Elle n'avait jamais oublié les images de ce chanteur à la guitare charismatique, jouant et chantant comme possédé par son instrument. Il était inoubliable !

À son tour, il l'avait vue sur une image qui s'était révélée moins plate que les dizaines d'autres qu'on lui avait présentées. Les jeunes femmes qui posaient étaient pourtant toutes des mannequins célèbres, sauf elle ! Quand il l'aperçut, ce fut pour lui comme une évidence. Il lui fallait plus qu'une fille grande et bien faite ! Il lui fallait une vraie personnalité, une rebelle comme lui ! On avait eu une bonne idée en lui proposant Nathalie de la Villette, elle sortait du lot ! Cette fille issue de la noblesse ressemblait plus à un mouton noir ! Jeter son froc ou sa robe de princesse aux orties ne lui poserait aucun problème ! Il lut dans son regard une envie commune, celle d'envoyer chier « la bonne morale » !

Sur la photo, elle était assise sur un fauteuil de velours rouge style Louis XV, habillée d'un tutu expressément relevé sur les accoudoirs, les pieds nus en avant. Dans une position de relâchement total, elle tenait près de sa bouche une sucette, comme un instrument de pouvoir, sa tête était légèrement tournée de côté, et son regard était dirigé vers un lévrier afghan. Le chien, très noble d'allure, était resté imperturbable, malgré l'air chaud soufflant d'un sèche-cheveux pour faire danser sur l'image son long poil soyeux. Un corsage en satin noir, seule marque de raffinement, donnait à la jeune femme un air de poupée grandie trop vite.

Ce corps ainsi exposé lui avait plu. Il l'avait aussitôt désirée, de manière absolue, ce serait elle et aucune autre !

C'est ainsi qu'il fit sa connaissance, par une photo dans un magazine.

Il lui avait dit au téléphone :

« Je n'ai encore jamais vu une fille comme toi ! »

Évidemment, elle fut bien obligée de lui raconter ses bobards habituels, qui bientôt seraient publiés dans la presse ! Ce fut un exercice difficile car elle sentait aux questions du chanteur célèbre des envies sulfureuses, auxquelles ne pouvait répondre le récit de sa généalogie aristocratique ! « Tout le tralala », aurait dit le baron ! Sauf lorsqu'il était question d'affaires !

Il fallait en mettre plein la vue, les chevaliers de Malte avaient la cote, mais les rescapés de la guillotine, beaucoup moins, il s'agissait de les rendre plus populaires ! Des nobles, certes, mais de province, avec des terres, oui, mais dans un monde rural où les uns et les autres étaient bien traités car il s'agissait de vivre ensemble des ressources mises en commun… Lors de la Révolution française d'ailleurs, les paysans avaient protégé ceux qu'ils avaient toujours considérés comme des membres de leur propre famille !

Auprès de Mathias Amer, Nathalie voulut cependant se faire passer pour une rebelle. Après avoir un peu parlé de sa noble ascendance, elle raconta qu'elle avait échoué chez un oncle autoritaire après avoir commis un acte impardonnable pour sa famille : elle s'était éprise d'un jeune novice ! Le chanteur voulut immédiatement tout savoir sur cette affaire scandaleuse, mais elle refusa d'en dire plus prétextant qu'elle ne voulait pas qu'il en tire avantage…

Mathias lui téléphonait tous les jours et Sébastien commençait à soupçonner quelque chose…

Il allait bientôt l'espionner, c'était la prochaine étape alors qu'il aurait dû la laisser mener sa vie à sa guise ! N'était-elle pas majeure ? Il était temps qu'il lui lâche la grappe !

La dite bonne société l'avait acceptée comme l'une de ses membres, elle était capable de donner le change. Et l'agence Prestige, l'une des plus cotées à Paris, lui avait assuré un avenir prometteur. Au début, c'était normal, le baron était présent. Il accompagnait naturellement sa nièce âgée de seulement dix-neuf ans, débarquant de sa province. Monsieur le baron de la Villette et sa nièce ! C'était presque mignon, un peu vieux jeu ! Mais alors, quel succès ! Beaucoup de sympathie, d'amabilité ! Jamais Nathalie n'avait été aussi bien reçue !

En fait, tout avait été organisé à l'avance… Tout le tralala, c'était son expression favorite lorsqu'il parlait des vêtements ! « De la marque et rien que de la marque ! » Contrairement à ce qu'on pense, l'habit fait bien le moine, d'ailleurs, elle n'était pas bête, et elle le savait déjà !

Il conduisait sa vieille voiture qui valait de l'or, une bagnole de collection, une Aston Martin. Donner un nom humain à une voiture ! C'était ça, la classe et elle avait de l'allure ! Surtout lorsqu'un vieux monsieur la conduisait avec une très jeune fille à ses côtés !

« Les gens peuvent penser ce qu'ils veulent, du moment que tu as de l'argent, le reste n'a pas d'importance. »

Ce sont des formules comme celle-ci qu'il lui enseignait, sans doute pour la mettre à l'aise car ils ne passaient pas inaperçus !

Les noms avaient de l'importance. Un nom pourri devait être remplacé par un patronyme qui ait de la classe. Nathalie de la Villette ! Encore fallait-il le porter, ce nom ! Le baron lui-même l'avait félicitée, elle était parfaitement à la hauteur de son nouveau nom. Il était fier d'elle !

Elle était Nathalie de la Villette, une baronne. Elle, une baronne ! Comme ce mot sonnait bizarrement au féminin ! Elle aimait se moquer de son nouveau titre car c'était tout de même un peu ridicule. Souvent, lorsqu'elle s'adressait à Sébastien, elle le provoquait :

« La baronne, ta nièce, est en train de faire cela ou ceci ! »

Elle l'appelait le daron de la Villette ! En l'occurrence, c'était un oncle aussi autoritaire qu'un patron !

Hier, il avait voulu lui faire plaisir afin de fêter son succès. *Paris Flash* allait lui consacrer plusieurs pages, elle serait la lolita d'un nouveau genre ! Sa photo préférée était celle qu'elle partageait avec le lévrier afghan de Sébastien, Adon ! Avec ce titre, la noblesse devenait libertine ! Dans deux semaines exactement, elle pourrait se regarder dans un magazine lu par des milliers de gens. Les retombées d'une telle publicité ne pouvaient que propulser sa carrière ! Déjà, on commençait à parler d'elle. L'agence de mannequin Prestige avait mis tout en œuvre pour qu'elle devienne un top model.

Nathalie savait que son ascension devait beaucoup à Sébastien. Non seulement, il avait assuré en contactant les bonnes personnes, mais en plus, il avait organisé de A à Z leur vengeance à tous les deux ! Depuis plusieurs jours, il ne parlait que de ça. Il allait s'en prendre plein la gueule, Basta Picolo !

Elle se dépêcha de rejoindre le baron dans la cuisine, pour décrocher la première le combiné au cas où le téléphone sonnerait. Sébastien l'attendait pour prendre son petit-déjeuner. Il lui sourit quand il la vit arriver, et lui demanda :

« Bien dormi ? Fais attention à ne pas manger trop, tu dois surveiller ta ligne. »

« Tous les jours, pensa-t-elle, les mêmes recommandations ! »

Elle lui répondit :

« Ne t'en fais pas, je vais dépenser toutes les calories ce soir, en boîte. Par contre, toi, je ne pense pas que tu risques d'en perdre beaucoup car je sais que tu n'aimes pas danser ! »

Par cette réplique, la jeune femme se renseignait, il ne fallait pas qu'il change d'avis !

« À ce propos, je désirais te parler… »

Elle l'interrompit aussitôt :

« Désolée, j'ai un besoin urgent, je reviens tout de suite ! »

En se dirigeant vers les toilettes, elle prit le téléphone et tira le cordon électrique jusqu'au cagibi où elle s'enferma.

Elle ne reconnut pas la voix du garçon qui prit son appel.

« C'est Cédric ? »

C'était bien lui, parlant avec le souffle coupé. Elle comprit, à une quinte de toux ininterrompue, que les antibiotiques n'avaient pas encore fait effet.

Il abrégea la conversation en s'excusant.

La jeune femme fit un tour aux toilettes pour tirer la chasse d'eau et revint à la cuisine, dépitée…

Sébastien lui souriait à nouveau, il n'avait rien entendu…

« Je voulais te dire que je suis un peu trop fatigué pour t'accompagner ce soir.

— Et alors, et alors, s'inquiéta Nathalie, c'est fichu ? C'est ça ? Tu m'avais promis et…

— Ne t'emballe pas et laisse-moi finir ma phrase. Ton amie Annette est peut-être disponible ?

— Oui, je pense qu'elle le sera.

— Évidemment, tu prendras un taxi pour l'aller et le retour. »

Nathalie devait cacher sa grande excitation. Non seulement, il ne viendrait pas mais en plus, elle aurait l'entière liberté de passer la soirée avec Mathias !

« Je serais plus tranquille si tu essayais de la joindre au plus vite pour le lui demander.

— Je vais le faire tout de suite !

— Tu ne finis ton petit-déjeuner ?

— Ma ligne, je pense à ma ligne ! »

La jeune femme se rua sur le combiné et composa le numéro de la fausse Annette, qui décrocha aussitôt. Il était super content ! Puis elle alla retrouver le baron, avec l'impression d'être sur un nuage ! Elle l'écoutait à peine. La voix de Mathias résonnait dans son esprit conquis. Ce soir, elle le verrait en chair et en os !

« Alors ? Réponds-moi !

— Oui, ton idée est excellente ! Très bonne idée ! »

Pas besoin de se triturer l'esprit, il avait dû certainement parler de sa vengeance !

« Il est tout de même plus prudent de l'écouter », se dit la jeune femme.

« C'est plus qu'une idée, un véritable projet ! J'ai rencontré le journaliste qui va écrire l'article concernant la venue de Basta Picolo ! C'est un ivrogne fini, il ne pense qu'à boire ! Celui-là va écrire exactement ce que je vais lui dire ! L'enfant prodige de Mont-en-Bœuf va se souvenir longtemps de ce jour, tu peux me croire ! Et, tu vas rire, j'ai même téléphoné au maire ! Il est partant pour organiser les différentes manifestations que je lui ai soumises ! Elles seront toutes à la hauteur du personnage, crois-moi ! J'ai pris en main cette visite officielle comme me l'a demandé Basta Picolo. Et ce samedi va être la consécration de sa crétinerie. Ça suffit, petit ! Basta Picolo ! Quelle bonne idée tu as eue, en lui trouvant ce surnom !

— Et toi, tu es un génie de la vengeance !

— Plutôt un justicier ! »

Elle reprit la conversation, après un court silence :

« Ah au fait, pour Annette, c'est d'accord.

— Très bien ! Peut-elle venir ici, je préférerais vous voir partir ensemble, nous pourrions l'inviter pour le souper, qu'en penses-tu ?

— C'est une très bonne idée mais je lui ai déjà fixé un rendez-vous à 23 heures, en bas de l'immeuble, tu comprends, elle est aussi pressée que moi d'aller danser ! Nous les filles, nous aimons danser !

— Oui, je comprends, mais ne rentre pas après 2 heures du matin. Demain, nous avons du travail.

— Oui, je sais ! »

Le baron rappela à la jeune femme les prochains rendez-vous importants. Le lendemain, elle devait se lever à 9 heures malgré sa courte nuit car il fallait revoir certaines de ses lacunes en français.

« Cause toujours », pensa Nathalie !

Pour elle, il n'existait qu'un seul rendez-vous important. Il fallait qu'elle téléphone à Annette ! C'était un problème à résoudre plus urgent que n'importe quel devoir de français ! Et si les choses se passaient comme avec Cédric, soit elle ne répondrait pas, soit elle refuserait pour une raison ou une autre de l'accompagner, or il fallait à tout prix trouver un moyen de la convaincre de venir danser au Grand Théâtre.

Soudain, elle eut le déclic !

Qui de mieux placé pour la convaincre qu'une star en personne ? Mathias Amer du groupe Daytona allait s'en charger ! Normal ! Elle valait bien ça ! Elle n'était pas juste une groupie ! ! !

Scène X

« 1 h 45, plus que quinze minutes ! Et c'est impossible, je ne peux pas quitter cet endroit ? ! » se lamentait Nathalie.

Depuis trente minutes, la jeune femme regardait sa montre, scrutant l'aiguille des minutes avec appréhension, ce qui n'avait pas échappé à Mathias.

Il lui avait demandé, sur un ton ironique :

« As-tu un rendez-vous ? »

Et bêtement, elle avait répondu non, pour aussitôt se ressaisir :

« C'est toi mon rendez-vous et c'est grâce à toi que je suis là, toi et toi seul ! »

Il ne s'agissait pas de se tromper ! Elle l'avait séduite grâce au baron, son geôlier ! Mathias avait délivré une princesse cloîtrée. Il avait complètement mordu à l'hameçon.

« Je t'ai délivrée et à présent, tu es ma princesse !

— Alors fais en sorte que je le reste ! Sers-moi une coupe

de champagne !

— À vos ordres ma princesse ! »

La jeune femme réfléchissait vite afin qu'il ne la considère pas comme une vulgaire groupie. Annette avec son air ahuri semblait avoir atterri sur une autre planète ! Elle n'aurait pas dû lui dire que c'était son amie… Comment expliquer qu'elle puisse connaître une telle bécasse, elle, la nièce du baron de la Villette ?

Mais l'urgence était ailleurs, elle aurait dû être sur le chemin du retour. Sébastien allait être furieux mais comment pouvait-elle faire autrement ? Elle ne pouvait quitter cet endroit si particulier. La dernière fois, elle s'était fait jeter comme une malpropre ! Des loges privées, il devait certainement en exister des dizaines et le hasard avait bien fait les choses, elle se trouvait à présent assise à la même place que la Paloma, sur le fameux canapé rouge, incroyable ! Elle faillit être rattrapée par ce souvenir, près de gâcher ce qui avait particulièrement plu à la jeune femme, son arrivée avec le groupe, les cris hystériques de la foule, les vigiles s'empressant de les accompagner à l'intérieur… Grâce à deux coupes de champagne bues à la suite, elle se sentit tout à fait à l'aise ! Tranquillement assise à côté d'un chanteur célèbre, entourée des membres de son groupe, quatre musiciens avec à leur côté, trois filles et Annette ! Annette n'en revenait pas d'être ici, et ça se voyait !

« Eh bien tant pis ! finit-elle par se dire, je ne serai pas à l'heure ! Après tant de stratagèmes afin de réussir à sortir et tout ça pour rentrer à 2 heures du matin, ne plus sortir sûrement avant des mois, ce n'est pas une vie ! Et en plus, je suis avec Mathias Amer ! Le top du top ! Je veux m'amuser, lui, il est vieux et moi jeune et… »

« À quoi penses-tu, ma princesse ? »

Mathias la sortit de ses pensées culpabilisantes. Mais il ne fallait plus qu'il l'appelle ma princesse car elle en avait marre de la noblesse !

« Arrête de m'appeler princesse, c'est chiant ! Je suis une fille qui aime s'éclater, tu comprends, je n'ai rien à voir avec mon oncle !

— Ah ouais ! J'ai tout de suite saisi, c'est pour ça que j'étais OK pour ta copine Annette ! Et je l'ai fait ! Je suis même allé jusque chez elle, je te rappelle, puisqu'au téléphone, elle ne me croyait pas tout à fait alors que tu l'avais avertie ! Sa tête, quand elle m'a ouvert la porte ! Tu aurais dû voir ça ! Et moi aussi, j'aime m'amuser mais pas avec la noblesse coincée ! Je suis comme toi, Nathalie ! »

Son prénom prononcé lui fit chaud au cœur. Finalement, il n'était pas un garçon comme les autres. Mais il y avait un hic, ses rivales étaient nombreuses ! Groupies, mannequins, chanteuses, actrices, et d'autres encore, comme Annette !

Elle ne le quittait pas des yeux, telle une apparition céleste. Dieu descendu du ciel sous les traits de Mathias Amer lui aurait fait le même effet ! Personne d'autre que lui dans cette loge n'existait ! Pas même celui qui essayait de la draguer lourdement, et qui pourtant, estimait Nathalie, lui allait mieux physiquement.

Il fallait qu'elle se dégourdisse les jambes, elle se sentait de plus en plus nerveuse !

« Elle, une amie ? ! fulminait intérieurement la jeune femme, si elle pouvait, elle lui roulerait une pelle immédiatement, là devant moi ! »

Elle proposa à Mathias :

« Tu viens, mon chevalier servant, on va faire un tour ?

— Tu n'es pas une princesse pourtant, tu es capricieuse !

— Oui peut-être, mais je serai ton caprice ! » lui susurra-t-elle à l'oreille en regardant droit dans les yeux son amie devenue sa rivale.

« Cette fille n'est pas comme les autres ! » pensa Mathias.

Et il la suivit…

Ils longèrent un couloir. À présent, la jeune femme ne savait plus quoi faire. Sur le moment, l'urgence avait été d'échapper au regard bovin d'Annette, à cette bouche toute prête à embrasser son idole. Il ne fallait pas que Mathias l'associe à cette fille stupide !

« Tu sais, Annette n'est pas vraiment mon amie, elle me casse les pieds !

— Ah ouais ! En tout cas, elle plaît à Andy, mon bassiste ! Excuse-moi, baby, je vais aller aux toilettes, j'ai besoin d'un petit remontant parce que justement, si Andy me voit faire, il va être tenté et sa femme lui a posé un ultimatum ! »

La jeune femme ne put s'empêcher de comparer cet acte qui lui était formellement interdit à celui que son copain était en train de commettre, tromper sa femme. Une foule de questions surgit dans son esprit. Devait-elle le dire à Annette ? Le méritait-elle ? Non ! Après tout, tout le monde s'en foutait ! Mathias le premier ! Il suffisait de le regarder !

« Ce n'est pas son affaire parce que ça ne le regarde pas ? Ou alors, il s'en fiche parce qu'il est comme son bassiste ? Et les autres filles, qui sont-elles ? Des comme moi ?... Sûrement pas ! »

Il l'interrompit dans ses pensées.

« Tu veux un petit rail ?

— Non, merci, je n'aime pas ça ! lui répondit-elle prestement en pensant à Annette.

— Ah ouais ! Pourtant tu t'es tapé un curé, c'est pire ! »

Il semblait vexé.

« Non, un apprenti curé ! En fait, je l'ai sauvé ! »

« Et toc ! pensa la jeune femme. Prends-toi ça dans les dents ! »

Mathias oublia sa vexation, cette fille le faisait rire !

Nathalie profita de l'absence du chanteur pour réfléchir. Elle n'allait pas tomber dans ce piège, Sébastien l'avait bien prévenue, de nombreux garçons droguaient des filles afin d'abuser d'elles.

Le désenchantement était total !

« 2 h 30… Il n'est pas trop tard pour rentrer, mais cela veut dire que je ne tournerai sans doute pas dans son clip… »

La jeune femme hésitait… Il ne s'agissait plus de séduire Mathias mais de se méfier de lui, et surtout ne pas faire échouer sa future carrière ! L'affaire s'annonçait compliquée !

Il fallait jouer serré ! Ne pas trop l'exciter tout en lui promettant monts et merveilles !

Il sortit des toilettes en se frottant le nez, il lui souriait !

« Quel enfoiré ! » pensa-t-elle.

Elle lui rendit son sourire.

Le garçon lui proposa de s'isoler à l'écart du groupe, elle accepta car les loges n'étaient pas dotées de serrure.

Les émotions de la jeune femme se succédaient, passant de la joie à la colère, de l'attirance au dégoût ! Elle était exaspérée de devoir faire tant d'efforts uniquement par profit.

Elle regrettait presque sa future carrière autant que cette soirée au goût amer. Elle se souvint alors qu'il portait ce nom, Amer, et il lui allait bien !

« Amer, Amer, je suis amer ! »

Faire semblant dans cette situation ne l'amusait pas. C'était un jeu dangereux !

Dans un recoin de son esprit, elle avait étudié la topographie des lieux mais surtout la distance à parcourir du canapé jusqu'à la porte. Mais le chanteur semblait plus disposé à parler et parler encore...

Finalement, à sa grande surprise, ce garçon trouva les mots qu'elle n'espérait plus. Mathias était sérieux, il parlait du sens de la vie ! Il dit que personne ne le comprenait vraiment ! Derrière le chanteur à succès se cachait une autre personnalité, la vraie ! Et ce qu'il aimait chez elle, c'était cette liberté qu'elle affichait, qui la rendait belle, il aurait aimé la rejoindre sur ce qui paraissait être formidable, sa façon d'envisager la vie !

C'était dingue, elle n'avait que dix-neuf ans et pourtant, elle avait tout compris alors que lui en avait déjà vingt-neuf. Il la couvrit de compliments ! Ses yeux, sa bouche, sa taille si fine, ses bras si doux !

Le rapprochement se faisait, quelques caresses sur les avant-bras de la jeune femme, une main posée délicatement sur un de ses genoux !

Un serveur leur avait apporté une bouteille de gin et du coca. L'alcool donnait à Nathalie envie de le croire...

Ils s'embrassèrent fougueusement, mais un court instant seulement, car le garçon ivre tomba aussitôt du canapé en l'entraînant avec lui dans sa chute !

Au sol, elle comprit qu'elle devrait l'aider à se relever. Pour la jeune femme, il était hors de question qu'elle s'occupe de lui dans cet état ! Un peu saoul, d'accord, complètement déchiré, non ! Et comme toujours dans ce genre de situation, son esprit rompu à toutes sortes de difficultés trouva une solution. Elle parvint à le convaincre facilement :

« Allons rejoindre tes potes ! »

Ce qu'elle vit en entrant dans la loge la laissa stupéfaite. Andy était en train de rouler des pelles à Annette tout en lui malaxant les seins sous son t-shirt, et elle riait bêtement !

Le même tableau grotesque en double, en triple ! Un spectacle de corps à moitié dénudés de femmes. Nathalie jugea la situation dans son ensemble. Ils n'en étaient visiblement qu'aux préliminaires, encore heureux !

Mieux valait le laisser là, sur le pas-de-porte et partir, ou plutôt s'enfuir !!! Participer contre son gré à ce qui s'annonçait comme une orgie, non merci !

« Pas pour moi ! » se dit-elle en restant précautionneusement sur le pas de la porte.

Lorsque l'excitation s'emparait d'un mâle, c'était comme un train lancé à pleine vitesse, rien ne pouvait le stopper ! La jeune femme connaissait ce phénomène ! Jusqu'à présent, elle avait toujours su échapper aux plus coriaces d'entre eux, mais trois hommes, c'était beaucoup ! Et même s'ils paraissaient tous bien occupés, ils pouvaient très bien l'inclure de force à leurs petits jeux ! Compter sur Annette ou une autre de ces filles ? Autant ne pas y penser…

Mathias sauva la situation, il tituba jusqu'au couple le plus proche et leur tomba dessus puis s'écroula à nouveau par terre !

La suite fut une succession d'événements chaotiques. On crut d'abord qu'il était mort. Mais non, il respirait encore, deux seaux à champagne furent versés sur son visage. Une fille plus ivre que les autres tomba lourdement en glissant sur un glaçon au sol, il fallut s'assurer qu'elle n'avait rien car elle riait et pleurait tout à la fois ! Andy donna une belle paire de claques à Mathias, qui finit par ouvrir un œil, puis les deux ! Les trois membres du groupe le soutinrent jusqu'à la sortie, des flashs crépitèrent, ce qui provoqua la résurrection du chanteur, qui, hors de lui, se précipita sur des photographes ! Une mêlée confuse s'ensuivit, des mains agrippèrent le chanteur et d'autres tirèrent Nathalie par le bras jusqu'au siège arrière d'une voiture où on l'assit de force à côté de Mathias. Le chanteur s'affala aussitôt sur la jeune femme tandis que la voiture démarra en trombe…

Nathalie eut bien du mal à comprendre comment elle avait pu se retrouver malgré elle dans cette voiture roulant en direction d'un studio d'enregistrement où, paraît-il, ils avaient leurs habitudes… Et où était passée Annette ? Dans l'autre voiture ?

Parvenus à destination, les hommes allongèrent Mathias sur un lit dans une pièce qui servait de dortoir et aussitôt, le chanteur s'endormit. Nathalie les rassura, leur disant qu'elle allait veiller sur lui. Trop heureux de se débarrasser de lui, ils quittèrent la pièce, les laissant seuls.

La nuit fut très longue pour la jeune femme qui n'osa pas ouvrir la porte de la chambre. Elle les entendit faire du bruit à côté une bonne partie de la nuit, ce qui la rassura : ils semblaient bien occupés et ne se souciaient pas d'elle !

Le sommeil opiacé et aviné de Mathias fut agité mais à

aucun moment il n'ouvrit un seul œil.

Le jour s'était levé depuis longtemps et elle était toujours coincée dans cette pièce, avec le dormeur. Enfin, à 13 heures, avec peine, il se réveilla. Il lui fallut du temps pour comprendre… Mais Nathalie était pressée de le quitter, si possible en bons termes. Elle avait un plan. Avec une mine des plus réjouies, elle s'adressa à Mathias :

« C'était super ! Tu m'as fait l'amour comme un roi, tu m'as fait monter au septième ciel ! Et toi ? Car juste après tu t'es écroulé comme une masse ! Moi, j'ai continué à rêver, des papillons plein le ventre et la tête ! ! !

— Je ne me souviens de rien !

— Je comprends, tu t'es tellement donné ! C'est tellement dommage de te quitter après une nuit si magique ! »

Mathias la regardait sans savoir quoi lui répondre. Elle reprit :

« C'est vraiment triste pour moi que tu ne te souviennes de rien ! »

Le garçon s'excusa et ainsi, elle comprit qu'elle pouvait lui parler de leur futur projet avant de partir. Il se fit très conciliant, se saisit d'un téléphone et contacta son manager afin qu'il envoie le script. Il demanda à la jeune femme s'il devait l'envoyer chez son oncle, ou bien ailleurs. Puis, aussitôt le combiné posé, elle embrassa le chanteur à l'haleine de chacal, elle lui sourit, se leva et lui dit :

« Je dois partir maintenant.

— Chez ton oncle ? Ça va pas ! Tu vas retourner chez ce cinglé qui t'enferme ? !

— Ben oui ! C'est là où sont toutes mes fringues ! »

Il ne trouva rien à redire, sa réponse semblait logique.

Elle sortit en vitesse, vit les autres allongés sur différents canapés, dormant comme des souches.

Annette avait disparu et c'était mieux ainsi.

L'air du dehors fut une délivrance !

Scène XI

« Mais enfin, Adeline, vous voyez bien que je suis occupé ! Sortez, je dois me concentrer ! »

Baste bataillait avec un fax, qui semblait vouloir choisir lui-même ses destinataires. Les deux premiers envois avaient franchi aisément l'Atlantique. Il avait alors décidé de finir sa tasse de café, satisfait par son travail, mais en l'espace de quelques minutes, l'appareil était devenu récalcitrant, et affichait « échec d'envoi ».

Cela faisait plus de quarante-cinq minutes qu'il insérait et réinsérait la feuille, dans le bon sens, avant de composer le bon numéro de fax puis d'appuyer sur le bouton « envoi fax ». L'appareil semblait coopérer, émettant ce bruit caractéristique indiquant qu'il était prêt, et soudainement, il retombait dans un silence inquiétant. À chaque fois, l'espoir, pour déchanter aussitôt.

Baste essaya de forcer le mécanisme en appuyant sur le

rebord de la feuille mais elle restait bêtement à sa place ! Il ouvrit des dizaines de fois le capot pour le renfermer ensuite. Vérifia le raccordement à la prise électrique, qu'il savait pourtant correct, puis les câbles à l'arrière de la machine. Sortit la pile de feuilles, pour la remettre délicatement en place.

Et il finit par lui donner des petits coups en regrettant de ne pouvoir la frapper plus fort. C'était à devenir fou ! Pourquoi cette fichue machine inscrivait-elle « échec d'envoi » sans autre explication ? ! Son amie Marlow attendait ! Elle devait se demander ce qu'il était en train de faire !

Il eut l'idée de demander de l'aide à Sébastien puisqu'il possédait un fax chez lui.

En quelques phrases, il l'informa de son problème.

Puis, tout aussi rapidement, lui envoya un fax :

« Adeline, ma seconde d'atelier est aussi énervante que mon fax ! »

Ajouter une note d'humour à sa demande ne pouvait que faire plaisir à son compagnon !

Sébastien lui répondit également par fax :

« Bien reçu ! Ne pourrai pas venir déjeuner avec toi, ce midi, suis malade, c'est énervant ! ! ! »

« De toute façon, j'aurais été en retard ! » pensa le couturier.

Qui dans cet atelier pouvait l'aider à part Marc ? se demanda-t-il en maudissant l'homme à tout faire à cause de son absence. C'était son jour de congé. Il hésita à lui téléphoner.

Adeline réapparut dans la pièce.

« Mais vous ne comprenez rien ou quoi ? ! lui dit-il sèchement.

— Je suis désolée Baste, mais j'ai en ligne la Paloma depuis New York, elle n'arrive pas à vous joindre !

— Mais pourquoi ne pas me l'avoir dit plus tôt ? ! »

Et il sortit en trombe prendre l'appel dans l'atelier.

Heureusement, Marlow n'était pas fâchée, elle l'avait rassuré, ce n'était pas aussi urgent que ça. Dans l'après-midi, elle comptait sur lui !

Il fit venir un technicien qui fut incapable de lui expliquer la raison de la panne. Il s'agissait peut-être du papier, trop humide ? Il changea la pile et lui réclama 150 francs, ce qui énerva particulièrement le couturier, qui jugeait qu'un tel travail ne méritait pas le moindre salaire !

Enfin, il réussit à envoyer le fruit de son travail.

Hélas, ce devait être un jour maudit ! L'impression était mauvaise, alors la secrétaire de la star lui demanda de lui renvoyer le dossier. Ce qu'il fit…

Dans l'après-midi, il envoya Adeline lui chercher un sandwich.

Plus tard, la Paloma lui envoya un mail laconique :

« *My bra is not sexy, but the rest is ok !* »

C'était toujours pareil avec elle ! Incompréhensible ! Il n'allait tout de même pas demander à Sébastien quoi faire ! Baste fulminait. Que voulait-elle à la fin ? ! Le croquis concernant son habit de scène ou plutôt son soutien-gorge ne pouvait pas être plus sexy ! D'ailleurs, en bas du croquis, il avait détaillé son modèle avec un vocabulaire pour néophyte. Il relut son descriptif :

« Soutien-gorge noir, bonnet en pointe tenu à l'intérieur par un renfort, bretelles ne passant pas inaperçues, contournant le pourtour des seins. En imitation cuir souple, 6 % d'élasthanne. Se rejoignant par une bande élastique plus large supportant 3 pics en métal de chaque côté, le dernier plus volumineux posé en dessous de l'épaule afin d'éviter toute blessure.

Haute ceinture noire stretch avec boucle argent, le cran est pointu et noir. (La ceinture sera rattachée au soutien-gorge par 3 attaches devant et 3 à l'arrière). Laissant voir des parties dénudées.

La culotte est en satin noir (style gaine des années 50). Ultra-moulante mais surtout échancrée (forme slip brésilien) afin de moderniser le style. Ajout de 4 porte-jarretelles ajustables.

Bas en nylon noir avec démarque à l'arrière. »

« Mais c'est parfait ! songea-t-il. Que puis-je faire de plus ? ! »

Énervé, il alla se resservir une tasse de café.

« Elle me fait chier, celle-là ! Je vais lui en envoyer, du sexy ! Et pourquoi pas les seins à l'air ! ! ! Comme ça, elle sera contente ! ! ! »

Dans un accès de rage dont il était coutumier dans son atelier, il dessina sur une feuille une silhouette féminine avec les tétons bien visibles. Son soutien-gorge ne possédait pas de bonnet ! Et il envoya son croquis en pensant que la machine le refuserait. À l'instant où il vit la feuille disparaître dans le téléfax, il réalisa son erreur ! Dans un accès de panique, il appuya sur le bouton « départ », perdant quelques secondes. Ouf, le téléfax était à l'arrêt ! Il l'avait échappé belle ! Il n'osait imaginer la réaction de la star !

Hélas, la feuille ressortit. Certes plus lentement, mais était-ce suffisant ? Il devait réfléchir à la suite au cas où cette foutue machine avait tout de même envoyé son croquis !

Il se servit un café pensant qu'un apport de caféine ne pourrait que booster son cerveau.

« Et si je lui disais que je me suis trompé d'expéditeur ?... Mais non, ça va pas ! »

Le couturier réfléchissait et toutes ses idées semblaient irréalisables.

Le téléphone de son fax se mit à sonner, déclenchant un stress majeur.

« Adeline, Adeline ! » hurla-t-il

Il voulait qu'elle réponde à sa place.

Encore une fois, elle n'était jamais là lorsqu'il avait besoin d'elle !

Il était obligé de décrocher le combiné, le numéro qui s'affichait était celui de la Paloma !

Elle allait l'injurier ! Un soutien-gorge juste bon pour un film porno !

La suite fut comme un rêve ! Un rêve qu'il n'aurait jamais pu imaginer ! Elle déclara qu'il était le meilleur, que sa création était géniale ! Elle désirait recevoir le soutien-gorge au plus vite afin de le porter lors des répétitions. Le couturier était stupéfait ! Il avait donc réussi ! ! !

Quand Adeline entra dans la pièce, il la chassa abruptement. Ne voyait-elle pas qu'il était en ligne ?

« Décidément ! se dit-il. Peut-être devrais-je la renvoyer, c'est une incapable ! »

Lorsque sa conversation avec La Paloma prit fin, bizarrement, il ne se sentait pas en paix. Une aigreur dans l'estomac l'empêchait de se réjouir pleinement, il avait bu trop de café. Et dans les moments de grande nervosité, des idées lubriques lui venaient en tête :

« Me détendre, je dois me détendre !... Et pourquoi n'irais-je pas faire un tour au bois de Boulogne ? Cela fait si longtemps ! Je n'y suis pas retourné à cause de ce Cédric !... Mais je ferai attention pour ne surtout pas le voir !... Je n'ai qu'à emprunter la voiture d'Adeline, il ne la reconnaîtra pas !... Le temps d'une course... De retour à 19 heures au plus tard, juste une heure de plus et demain, elle viendra plus tard ! »

Il sortit de son bureau et l'appela gentiment.

Finalement, Adeline était une bonne personne, il pouvait compter sur elle !

Scène XII

Madame Dalmasso salua tristement Monsieur le baron. Le ménage avait été fait, mais, malgré l'odeur de fraîcheur apportée par les produits nettoyants, l'air était lourd. Mademoiselle Nathalie n'avait plus donné de signe depuis trois jours et c'est tout ce qu'il avait bien voulu lui dire ! L'arrivée de cette toute jeune fille dans la vie de son patron l'avait surprise. Au début, elle s'était montrée un peu méfiante, se demandant ce qu'elle venait faire ici. Elle l'avait trouvée d'un genre particulier, très différente des personnes que monsieur recevait de temps en temps ! Et puis, monsieur était un homosexuel, non ? ! Mais lorsque Monsieur le baron commença à lui donner des cours de français et tout le reste, elle comprit. Il lui assurait un foyer et grâce à lui, elle trouverait un emploi, puis, une fois les bonnes manières apprises, un mari. Et enfin, cette pauvre fille sans famille serait heureuse ! Monsieur le baron était un homme très généreux ! Des patrons ou des patronnes, elle en avait connu des dizaines mais jamais aucun comme lui !

Hélas, depuis le départ de Nathalie, il n'était plus le même ! Il déambulait de pièce en pièce sans être coiffé ni rasé, alors même qu'il était très soucieux de son apparence ! Aujourd'hui, pour la première fois, il n'avait pas cuisiné. Monsieur le baron, comme elle aimait l'appeler, cuisinait ! Elle avait été choquée au départ, quand son patron avait voulu concocter pour elle, la femme de ménage, un repas inspiré d'un livre de recettes. C'était une chose si extraordinaire ! Elle avait refusé, pensant que les principes s'y opposaient, qu'elle ne pouvait être servie ! C'était elle, la femme de ménage, qui devait servir ! Mais il fit une chose étrange qui eut finalement raison de sa logique : il la poursuivit avec une cuillère en bois à la main, l'obligeant à goûter, menaçant de renverser le contenu sur le canapé en velours ou sur le tapis persan ! Elle fut bien obligée d'obéir. Puis il réussit à l'emmener dans la cuisine, où il la fit asseoir. Son assiette était en place à côté de la sienne ! C'est Monsieur le baron qui la servit, elle, la femme de ménage !

À chaque fois, il attendait son jugement comme un apprenti dans un grand restaurant en face d'un chef étoilé !

« Alors ? »

Elle répondait ce que toute bonne personne aurait répondu en pareille situation :

« Hum, c'est très bon ! »

Madame Dalmasso comprit que son patron était un homme seul. Son compagnon était un homme célèbre, un grand couturier, il était très occupé…

Mais depuis qu'il s'occupait de Nathalie comme s'il s'agissait d'un membre de sa famille, il était plus joyeux. Il cuisinait davantage et se souciait de l'appréciation de la jeune femme. Nathalie se faisait un malin plaisir de le faire attendre… Il lui fallait goûter à nouveau. Elle n'était pas sûre ! Il fallait prendre le temps avant de dire quoi que ce soit ! Et discrètement Madame Dalmasso lui donnait de petits coups de pied sous la table jusqu'à ce qu'elle réponde positivement !

C'étaient des moments de bonheur. Le repas s'achevait par un dessert apporté par Madame Dalmasso, qu'elle avait préparé chez elle. Ce rituel culinaire les avait affranchis des différences de classe sociale. Dans la cuisine du baron régnaient la bonne humeur et le franc-parler ! Pour Nathalie, ce moment était une récréation après les cours scolaires. Dans sa cuisine, le baron n'accordait aucune importance au français. C'est lui, ici, qui était jugé. Et Nathalie ne pouvait s'empêcher de lui donner des notes assez sévères ! Il plaidait alors sa cause, invoquant la recette de cuisine, seule responsable. Madame Dalmasso défendait tant bien que mal ses plats aux saveurs plus ou moins réussies ! Car Monsieur le baron aimait la cuisine gastronomique ! D'ailleurs, il portait une toque de cuisinier, ce qui faisait beaucoup rire la jeune femme car souvent, il oubliait de l'enlever en passant à table ! Sans doute le faisait-il exprès, il aimait les faire rire en jouant les grands chefs !

Cependant, la femme de ménage refusait de franchir les limites de la familiarité, comme Sébastien d'ailleurs, qui se faisait un devoir de continuer à l'appeler « Madame Dalmasso ». Et dans la bouche de la domestique, il était « Monsieur le baron », titre qu'elle prononçait néanmoins sur un ton plus affectueux que respectueux ! Nathalie était surnommée « la petite », alors qu'elle les dépassait tous les deux !

Le baron était intransigeant sur une seule règle : l'accès à la cuisine était interdit pendant qu'il préparait le repas. Les deux femmes savaient qu'il était capable de se fâcher. Quand il cuisinait, de cette pièce bien gardée s'échappaient différentes odeurs culinaires. Ces préparations secrètes mais bien odorantes leur donnaient envie de percer le mystère du plat à venir. Elles se parlaient d'une chambre à l'autre, partageant leurs avis, essayant de deviner ce qui les attendait tout en s'appliquant à leurs tâches respectives. Madame Dalmasso dépoussiérait chaque objet avec amour, tandis que Nathalie, en élève studieuse, s'appliquait à apprendre ses leçons dans sa chambre, où elle refusait que Madame Dalmasso fasse le ménage.

Son travail effectué, Madame Dalmasso quittait avec regret son patron et la jeune fille, tout en sachant qu'elle les reverrait dans la semaine.

Hélas ! Maintenant, la petite était partie ! Que pouvait-elle faire ? C'était tout de même son patron !

« Je suis sûre qu'elle va revenir, Monsieur le baron ! »

Elle lui dit cette phrase avant de partir, sans être tout à fait sûre… Il n'avait rien répondu, et s'était contenté de la saluer en lui souhaitant un bon après-midi.

Madame Dalmasso se sentit coupable de partir, mais elle n'avait aucune raison valable de rester auprès de lui. D'ailleurs, elle sentait qu'il préférait être seul ! La femme de ménage n'avait pas osé lui parler de sa peine, elle était triste mais surtout inquiète. La petite lui rappelait sa fille, Amélie, qui vivait à Londres. À cause de la distance géographique, elle ne la voyait que quelques fois par an. Elle s'était souvent posé la question, se sentant coupable… Sa fille était peut-être partie vivre à l'étranger car elle n'avait pas pu lui offrir une famille. Enceinte très jeune d'un garçon de son village, Madame Dalmasso avait préféré s'éloigner de celui qui n'avait jamais voulu reconnaître l'enfant, et qui, du jour au lendemain, l'avait quittée. Dans la grande ville, elle ne fut plus une fille-mère, les gens s'occupaient de leurs affaires ! Avec ténacité, elle s'occupa de sa fille, rêvant pour elle d'un avenir meilleur. Sa fille réussit brillamment ses études, ce qui la rendit très heureuse. Discrète, jamais elle ne se vanta de l'ascension sociale de sa fille. Elle fut également satisfaite de savoir que sa fille avait gravi tous les échelons jusqu'à se voir proposer un poste prestigieux à l'étranger. Une telle proposition était rare pour une femme, alors elle était partie. Comme la petite !

Madame Dalmasso et Nathalie allaient faire les courses ensemble. La petite s'était confiée, lui faisant jurer de ne rien dire à monsieur le baron. Peut-être qu'elle connaissait mieux les petits secrets de Nathalie que le baron mais entre femmes, c'était tout à fait normal ! Madame Dalmasso l'écoutait et la rassurait, dix-neuf ans, c'était jeune, trop jeune pour être sans famille. C'est au même âge qu'elle était partie, loin de son village natal, pour se consacrer à sa fille. Ce fut son grand bonheur. Seule dans cette trop grande ville, méfiante, elle refusa toutes les avances masculines excepté une seule fois. Mais la relation tourna court lorsqu'elle apprit qu'il lui avait caché un premier mariage suivi d'un divorce.

Elle s'était très rapidement attachée à la jeune femme. Maintenant, elle était partie, sans explication. C'était inquiétant ! Peut-être avait-elle suivi un garçon, comme elle, amoureuse et naïve ?

Après être sortie de l'immeuble, la femme de ménage marcha jusqu'à la station de métro, le front soucieux pensant à ce que la petite lui avait confié…

Le départ de Madame Dalmasso fut un véritable soulagement pour le baron. Il n'avait pas osé lui dire la vérité : la petite était partie par sa faute, sa faute à lui, à lui seul ! C'était pour se venger, elle, Nathalie !

Ce qu'il avait découvert après son départ l'avait abattu. Inquiet de sa disparition, il n'avait pas hésité à fouiller sa chambre. En soulevant le sous-main de son bureau, il découvrit ce qu'il prit tout d'abord pour un banal exercice d'anglais. L'écriture était arrondie et encore enfantine, il fut ému et étonné car il était question d'un professeur qu'elle avait dû détester : « *I hate my teacher ! My teacher is horrible ! I would like to go away !* ». Le reste de la phrase avait été rageusement barré ainsi que les deux lignes suivantes !

Comme une évidence, il comprit tout à coup qu'il s'agissait de lui. Elle le haïssait !

Il fut choqué de découvrir ce sentiment aussi extrême que la jeune femme cachait dans son cœur et sous le sous-main ! Cette place où chaque jour, elle s'appliquait aux différents exercices de français ou d'anglais. Oui, c'était lui, le professeur ! Celui qui préparait ses nombreux devoirs, qui les corrigeait, qui la félicitait ou la réprimandait ! Lui qui, pour le bien de la jeune femme, avait décidé de la scolariser chez lui ! Il ne voulait surtout pas qu'elle soit jugée à cause de ses fautes de français qui la trahiraient ! Nathalie de la Villette ne pouvait se permettre des erreurs lexicales ! C'est ainsi que l'on repérait dans la haute société le manque d'éducation ! Il s'était montré intransigeant par crainte du jugement des autres. Il le savait, elle allait être jugée !

Une faute plus grave que de se tenir mal à table, le mauvais français !

Elle ne pouvait imaginer cette société, où l'enfant dès ses premières années, entouré d'adultes, parle un français soutenu à table comme dans ses loisirs, côtoie des nurses expérimentées puis fréquente des écoles privées. L'élite se mesurait au nombre d'années d'apprentissage ! Lui n'avait pas autant de temps qu'elle. Il fallait qu'ils réussissent cet exploit ! Ils se levaient aux aurores, il ne l'autorisait à se coucher que très tard. Uniquement par crainte ! Il était plus souvent critique qu'encourageant. À peine lui avait-il laissé le temps de s'adapter à son nouvel environnement qu'il exigeait d'elle la perfection, une perfection pour des gens qui ne la méritaient pas ! Cette haute société n'utilisait ce terme qu'en rapport à l'argent, jamais quand il était question de sentiments, il l'avait expérimenté à maintes reprises. C'était d'ailleurs pour cette raison qu'il avait préféré prendre une certaine distance.

Nathalie sans famille, il l'avait donnée, il l'avait vendue, et pourquoi d'ailleurs ?! Pour rien ou si peu, sa propre vengeance ! Et maintenant, où était-elle ? Il l'avait convaincue de quitter son studio immédiatement en lui promettant monts et merveilles. Exactement comme l'autre, le salaud ! Au fond, il ne valait pas mieux que lui… Il avait profité de l'innocence d'une jeune fille de seulement dix-neuf ans !

Et ce matin, Basta Picolo, comme l'avait si bien surnommé Nathalie, lui avait demandé son aide. Il aurait dû, ce matin au téléphone, mettre un terme définitif à cette relation. Mais encore une fois, trop pressé de se venger, il avait joué l'hypocrite !

À présent, il était inutile de chercher à justifier son mauvais comportement, il avait compris, il était aussi petit, aussi minable que ce Picolo, ce grand couturier de bas étage !

Cet après-midi, il devait rédiger un article de presse concernant son sosie, un salaud comme lui ! Encore une fois, il avait profité d'une personne vulnérable, il avait manipulé un alcoolique !

Pourquoi ? ! Par pure colère ! Durant des années, il avait tout accepté de la part de Bastien et d'un coup, il était devenu une sorte de vengeur masqué, un chevalier s'en allant guerroyer au nom d'un Dieu ! Le bien contre le mal ! Mais quel idiot il avait été ! Lui, un justicier comme ses ancêtres ? ! Et tout ce tralala, entendu durant des années ! « Ah ! Ces braves, prends-les en exemple ! », « Ne sois pas du côté de ceux qui renient la France ! », « Garde-toi, de croire aux idées nouvelles, restons fidèles à nos principes ! »… Oui, exactement, il avait tout accepté de ce salaud de couturier comme il avait fait siens les propos racistes de son père ! Pourquoi cela ?

Parce qu'il existait pire que les étrangers, les homosexuels !

Il avait grandi avec cette crainte, son père ne devait pas savoir, il l'avait entendu :

« Dieu a créé l'homme et la femme pour qu'ils s'unissent ensemble, c'est un ordre divin ! L'Enfer a été créé pour les homosexuels, c'est un vice mortel ! »

Les sentences paternelles l'avaient terrorisé. Et quel était le seul moyen d'échapper au courroux divin ? !

« Dieu est tout-puissant, il voit tout et sait tout de nous, c'est notre sauveur ! »

La seule façon d'échapper à l'Enfer était de plaire suffisamment, se montrer aussi digne qu'un de ces chevaliers partis combattre au nom de Dieu !

« En fait, j'ai toujours été con, elle a eu raison de me détester. « *I hate my teacher !* » Oui, je suis haïssable ! Que n'aurais-je pas fait pour prendre ma revanche, bouffi d'orgueil par les quelques compliments reçus par mon père ! « Oui, tu seras un bon chevalier, mon fils ! » Ridicule ! Ah ! J'aimerais ne plus être moi, je me suis menti à moi-même et ça, ce n'est rien ! Le pire, c'est que je l'ai entraînée dans mes mensonges jusqu'à changer son identité ! Mais moi ? ! Ah la bonne excuse ! Contrairement à l'autre salaud, c'était ma nièce et non une fille à exploiter comme un objet !

« Nathalie, je regrette et je ne peux même pas te le dire ! Vas-tu revenir un jour ?...

« Est-ce que ma vie a eu un sens ? Car comment ai-je pu en arriver là ? Pitoyable, je suis pitoyable ! ! ! »

On sonna à la porte.

Se pouvait-il que ce soit elle ? Son cœur se mit à battre très fort !

Fiévreusement, il regarda dans le judas et vit sa femme de ménage, elle avait sûrement oublié quelque chose !

« … 'sieur l'baron, pensé, désolée, connais pas la rue, tout près de chez moi, une fois, m'a dit et… »

Sébastien l'interrompit et la fit entrer. Lorsque Madame Dalmasso était stressée, elle perdait ses mots.

Assise devant une tasse de camomille, elle retrouva son vocabulaire :

« L'amie de la petite habite la même rue que moi, peut-être qu'elle sait quelque chose ?! »

Aussitôt, Sébastien reprit ses esprits, il était encore temps !

« Très bien lui répondit-il, nous allons chercher son numéro de téléphone dans le bottin.

— Mais, Monsieur le baron, je ne connais que son prénom, Annette et j'habite au 133 rue Vercingétorix, une tour de dix-huit étages et tout autour d'autres tours, des immeubles partout ! Au 133, vous imaginez ! Et ça va jusqu'où ? Peut-être deux cents numéros ou même plus !!! »

Madame Dalmasso fondit en larme.

Scène XIII

Le premier jour, il pensa à elle en restant confiant, sûr de lui ! Comme toutes les autres, elle ne tarderait pas à l'appeler et comme avec les autres, il n'aurait pas à attendre longtemps !

Mais la matinée se passa sans la moindre sonnerie… Cela le surprit. Puis les jours suivants, rien, toujours aucun appel ! Mathias finit par se vexer. Il ne s'attendait pas à un pareil retournement de situation, c'est lui à présent qui espérait un coup de téléphone ! Il essaya de se persuader que cette Nathalie était comme toutes les autres, aussi peu importante que ces nombreux prénoms associés à des visages effacés de son esprit. En vain ! Il ne comprenait pas pourquoi il s'accrochait à un événement dont il n'avait même plus le souvenir. Quand il faisait le moindre effort de mémoire, des images

lui revenaient, mais jamais celle d'une nuit torride avec cette Nathalie-là. Il voyait une autre Nathalie !
Il tentait de se rassurer. OK, il était déchiré !
« Mais tout de même, ne rien en garder alors qu'elle m'a dit que c'était fabuleux ! »
Mathias se questionnait sans cesse sans pouvoir s'expliquer la cause d'un tel tourment. Il ruminait...
« Sûrement mieux qu'avec son curé de campagne, alors pourquoi ne m'appelle-t-elle pas ? »
Il y avait comme un mystère, comme un problème insoluble qu'il aurait aimé éclaircir sans avoir à téléphoner lui-même à cette fille ! Il en avait déjà assez fait ! N'avait-il pas, à sa demande, arrêté toutes ses activités afin de se rendre au plus vite chez son amie Annette ? Bien sûr, une personne comme elle, issue de la vieille noblesse française méritait qu'il fournisse quelques efforts supplémentaires, mais enfin, ce n'était tout de même pas une princesse ! D'ailleurs, il connaissait quantité de filles plus belles et plus sexy. Il n'avait qu'à choisir comme dans un catalogue, il suffisait qu'il téléphone à l'une ou à l'autre ! Une blonde, une brune, une rousse, ce n'est pas le choix qui manquait ! Alors pourquoi s'accrocher spécialement à cette fille ? Même son amie, Annette, par exemple...
À cette réflexion, Mathias Amer s'interrogea. Leur amitié était aussi incongrue que cette nuit, où il aurait surpassé sexuellement toutes les expériences passées de la jeune femme. Cela étant, elle n'avait que dix-neuf ans. Il était rassuré de se souvenir de son âge. Oui, mais il avait couché avec des filles bien plus jeunes, dont certaines l'avaient étonné !
Le prénom de Nathalie lui revenait sans cesse en tête, il ne supporta plus cette idée fixe ! Une petite voix semblait lui

murmurer à l'oreille :

« Tu ne peux pas l'oublier parce qu'il s'est passé quelque chose d'anormal ! »

Il essaya d'apporter une réponse logique à son discours interne :

« C'est normal, j'étais complètement fait ! »

Mais alors, le soliloque reprenait la main, il répétait à la façon d'un disque rayé :

« Mais cherche, cherche ce qui ne va pas !

— Ce qui ne va pas ? ! Vraiment rien ! Je suis célèbre ! »

Et la voix reprenait :

« Mais ça ne va pas, n'est-ce pas ? »

Cette fille allait-elle le rendre fou ? !

« Bien sûr que si, je vais bien, je ne veux plus t'entendre ! »

Le chanteur sortit un petit paquet blanc avec, à l'intérieur, une poudre blanche. Il plia un billet de banque et sniffa d'un trait. Puis il leva la tête au plafond comme pour s'adresser à Dieu, et à haute voix, fâché, il s'exclama :

« Je vais bien, si bien que je vais téléphoner à la plus belle, juste pour te faire chier toi là-haut ! »

Alors, le téléphone retentit. Aussitôt le nom de Nathalie s'inscrivit dans son esprit. Un instant de joie, avant d'entendre une voix masculine. La déception fut totale, c'était Andy ! Il n'avait pas une minute à perdre, tout le groupe l'attendait au studio d'enregistrement. Son bassiste lui avait passé un savon !

Mathias Amer fâchait souvent son entourage, il n'était presque jamais à l'heure à ses rendez-vous. Mais tous le supportaient, ça faisait partie du personnage rock and roll ! D'ailleurs, eux-mêmes n'étaient pas des enfants de chœur !

Cependant, depuis qu'il était clean, Andy exprimait ses reproches différemment. Au téléphone, il avait déclaré sur un ton supérieur qu'il ne touchait plus à aucune drogue depuis trois mois et il avait osé demander à celui qui incarnait mieux que quiconque l'âme du groupe Daytona, « d'arrêter ces conneries » ! Une altercation avait immédiatement suivi, Mathias ne supportant pas que son bassiste ose s'adresser à lui comme à un adolescent turbulent. N'avaient-ils pas partagé un nombre incalculable de fois, de jour ou de nuit, des orgies de toutes sortes ? Évidemment, il était impossible de lui reprocher ce passé sans exacerber sa fierté étant donné que, justement, il avait franchi le cap ! Réussir à vivre sans la moindre prise de drogue quelques jours, d'accord, mais trois mois, voilà qui semblait un exploit impossible à réaliser, et surtout, totalement ennuyeux à vivre ! Andy avait été obligé d'arrêter à cause de sa femme. Sa femme ! Voilà un sujet dont Mathias pouvait parler, qui prouvait qu'il était toujours Andy ! Il s'empressa de lui rappeler Annette. Sa femme était-elle au courant ?...

Le bassiste surpris se défendit aussitôt, arguant qu'il n'avait fait que flirter avec cette fille.

Mathias avait pris l'avantage. Il en profita pour plaider sa cause : les tentations étaient nombreuses, il pouvait le comprendre, lui aussi avait de la peine à résister, etc. La discussion prit un tour différent, les deux hommes s'entendirent comme les fois précédentes. Mathias parlait et Andy écoutait ! Le chanteur parla de nouvelles idées artistiques et, sans vraiment s'en rendre compte, il glissa dans la conversation, ce qui l'obsédait depuis ce matin, Nathalie !

Andy lui coupa la parole en s'exclamant :

« Mais mec, tu es amoureux ! »

Un blanc, puis Mathias entendit son bassiste lui répéter encore et encore la même phrase. Lui, amoureux ? !

« Mais qu'est-ce que c'est, être amoureux ? » se demanda-t-il.

Il posa la question à son bassiste qui lui répondit simplement :

« C'est de parler toujours et sans arrêt de la même fille ! »

Après ce coup de téléphone, Mathias fut encore plus perturbé mais il ne céda pas à la tentation, son esprit devait être un minimum clair s'il voulait aller au studio d'enregistrement.

La même question obsédante le tourmentait… Se pouvait-il qu'il soit amoureux alors qu'il ne se souvenait même pas d'un seul baiser ?

Dans le taxi qui l'emmenait, il songea à ce sentiment que beaucoup exprimaient dans les livres, films et chansons. Lui-même n'avait jamais écrit sur ce sujet. Peut-être allait-il changer ou ajouter une nouvelle idée dans ses projets artistiques !

« Une chanson d'amour et pourquoi pas ? se dit-il. Les plus grands l'ont fait ! »

Il arriva à destination, réjoui. Finalement, son problème n'en était plus un !

« Nathalie, je vis cette fille le jour comme la nuit ! »

Exactement les premiers mots d'un refrain…

Mathias Amer répéta avec les membres de son groupe, se donnant à fond afin de finir au plus vite. Il avait hâte de téléphoner à la jeune femme afin de lui parler de son nouveau projet, une chanson d'amour avec en titre, son prénom ! Andy lui avait dit de « sortir le grand jeu » ! C'est comme ça qu'il avait séduit celle qui était devenue sa femme et pas un jour, il ne regrettait son choix. Il existait les groupies mais une seule était à la bonne place dans son cœur. Les autres ne comptaient pas !

« C'était elle ! lui avait-il expliqué, une fille bien supérieure à tous les autres ! »

Sa femme, Claire, venait d'un autre milieu, et n'avait rien à voir avec celles qui ne voyaient en lui que la vedette ! D'ailleurs, lorsqu'il l'avait rencontrée, Claire ignorait qu'il était célèbre.

Mathias ne put s'empêcher de comparer Nathalie à celle qui avait réussi ce miracle, rendre son homme abstinent de toute drogue ! N'avait-elle pas refusé, elle aussi, lorsqu'il l'avait tentée ? Et compte tenu de ses origines aristocratiques, elle n'avait pas besoin de parader comme les autres à ses côtés ! Nathalie de la Villette, une baronne ! Il ne pouvait pas rêver mieux !

C'était une évidence, ils formeraient le couple le mieux assorti que l'on puisse trouver dans le milieu. Et il y aurait d'autres nuits fantastiques, tellement fantastiques jusqu'à en perdre tout souvenir ! Puis à ne désirer qu'elle, Nathalie la magicienne !

Évidemment, il faudrait convaincre sa famille d'aristo. Il n'était pas bête, Nathalie n'était tout de même pas retournée chez son oncle pour quelques fringues ! Elle tenait à lui, c'était évident ! Certes, il n'était pas doué pour les bonnes manières mais il pouvait très bien changer de style ! Rien de plus simple que de laisser son perfecto et ses santiags au vestiaire le temps de faire les présentations !

Mathias Amer n'avait jamais eu besoin de faire le moindre effort pour plaire. La célébrité étant arrivée alors qu'il était très jeune. Il avait rapidement compris que toutes lui tomberaient dans les bras. Au début, ce fut grisant, puis il commença à être plus exigeant, mannequins ou actrices débutantes uniquement ! Les filles aimaient son genre de mauvais garçon, elles goûtaient à ce qui les excitait ! Il n'allait tout de même pas jouer au gentil romantique, elles ne l'auraient même pas regardé ! Elles savaient toutes qu'il n'allait pas leur raconter des contes pour fillettes car il avait mieux à leur proposer. Toutes rêvaient de partager la vie qu'il menait ! Dans un tourbillon, de jour comme de nuit, la fête ! Les jours de répétitions au studio, il les invitait à venir, les présentait au groupe, s'occupait d'elles comme des reines. Tous plaisantaient afin de mettre la nouvelle venue à l'aise ! Sans doute celle-ci croyait-elle faire partie d'un groupe soudé mais au bout du compte, chacun reprenait sa vie. L'excitation, la magie retombait. La fille perdait de son attrait et l'ennui commençait à poindre. La fête était finie, et il ne pouvait le supporter. Toutes les filles devaient le comprendre car il n'avait rien promis, à aucune d'entre elles ! Certaines se fâchaient, ce n'était pas un problème pour le chanteur qui craignait plus celles qui pleuraient ! Et pour ne pas courir le risque de se sentir coupable, il annonçait ses intentions, juste après la première fois :

« Une nuit c'est bien, quelques autres aussi, mais je ne suis pas celui qui peut se contenter d'une vie bien sage ! »

Certaines avaient pris leurs distances aussitôt ! C'était la règle du jeu et jamais il ne leur reprocha leur décision.

Peu à peu, il se lassa de ces jeux de séduction où il n'avait aucun effort à fournir. Pour une qui refusait ses avances, des dizaines d'autres la remplaçaient. Peu à peu, il devint plus cruel, les laissant seules, dans l'attente, ne répondant plus au téléphone. L'attrait pour différentes substances illicites devint plus excitant ! Mais à présent, il allait renoncer à la drogue grâce à Nathalie !

Cette fille n'était pas comme les autres, avec elle, il se contenterait de quelques verres de grands crus nobles ! Il désirait qu'elle lui apprenne l'amour comme la dernière fois, avec un grand A ! ! !

Hélas, il se souvint qu'il lui restait un sachet de drogue. Il ne résista pas. Pour justifier son manque de courage, il se dit qu'il allait appeler chez elle, ou plutôt chez son oncle, le terrible Sébastien de la Villette, pour la première fois.

Il téléphona. Personne ne répondit. Incapable de supporter cette frustration, il contacta un fleuriste renommé et lui demanda de livrer des roses.

La vendeuse lui indiqua que trente-six roses blanches étaient la meilleure façon de formuler une demande de fiançailles ! Cette pratique était connue depuis l'Antiquité, mais mieux valait les donner en main propre. Il fallait donc qu'il aille au préalable s'acheter un costume et peut-être même une cravate. Heureusement, il connaissait Nathalie, une fois débarrassé du gêneur, il enverrait son costume d'employé modèle à la benne à ordures.

N'avait-elle pas dépucelé un apprenti curé ? Il l'imagina dans sa campagne, dans ce trou perdu, s'ennuyant, avec comme seule distraction, cet enfant de chœur n'osant la regarder en face, elle, une si belle jeune femme. Comment aurait-il pu ne pas succomber ?! Et c'était une bien bonne façon de rejeter ce monde d'aristo coincé !

Mathias Amer n'était plus jaloux…

Scène XIV

Ils arrivèrent à destination au 133 rue Vercingétorix. En levant les yeux vers le dix-huitième étage, Sébastien fut pris d'un vertige. La réalité peu à peu se matérialisait !

Il avait garé sa voiture exactement en face du menhir installé à la gloire du chef des Ardennes. Celui qui avait osé se mesurer à Jules César, ce fondateur de l'identité nationale française avait galvanisé l'esprit du baron de la Villette et les mots gravés sur la pierre l'avaient persuadé qu'il était au service d'une noble tâche :

« Quand nous ne formerons en Gaule qu'une seule volonté, le monde entier ne pourra résister. »

Il vit là un signe du destin, la chance était avec lui !

Hélas ! Parvenu devant l'immeuble, il déchanta, se rappelant la quantité d'habitations de toutes sortes qui peuplaient la rue. Madame Dalmasso le regardait avec des yeux emplis d'admiration et de confiance, ce qui le mettait mal à l'aise.

« Avant de commencer à chercher, lui dit-elle, venez boire un café chez moi ! »

Sa proposition semblait absurde. Comme si la caféine allait leur suffire ! On aurait dit qu'elle lui proposait une potion magique. Il n'était pas Vercingétorix, ni Astérix ! Mais comment refuser devant une si bonne volonté ?

« La pauvre ! pensa Sébastien, je ne sais même pas par où commencer... »

Il ne voulait pas la décevoir si vite mais la réalité de ce qu'il avait vu le dépassait.

La rue Vercingétorix semblait sans fin, et si dense ! Tout un peuple entassé dans d'innombrables immeubles. Le personnage méritait sans doute une telle densité !

Le long de la route, il avait eu le temps d'apercevoir des intersections, des chemins de traverse le long desquels émergeaient d'autres habitations, des tours plus hautes, plus imposantes que celle de sa femme de ménage ! Madame Dalmasso semblait fière de son quartier, il ne la comprenait pas. Habitué à vivre dans le confort dès sa naissance, il n'avait jamais imaginé un tel environnement... Bien sûr, il connaissait par la télévision la vie des classes prolétariennes, mais à présent, devant la réalité du quotidien de sa femme de ménage, il se sentit coupable. Ou n'était-ce pas plutôt de la gêne qu'il ressentait ? La gêne de se trouver devant cette tour impersonnelle ressemblant à un clapier géant, ou devant le sourire de celle qui, heureuse, désirait lui montrer son habitation ? !

Et tandis qu'il la suivait, il l'entendit faire l'éloge de son appartement :

« J'ai une très belle vue au neuvième étage, c'est petit mais très confortable, la cuisine est très bien équipée ! »

Il vit quelques tags, ce que sa femme de ménage ne remarqua pas, comme d'ailleurs le reste, les boîtes aux lettres cabossées, les murs d'un jaune sale, l'ascenseur bruyant !

Elle était heureuse. C'était laid mais Madame Dalmasso l'assurait : jamais, elle ne déménagerait ! La vie semblait si simple pour elle !

Dans l'ascenseur, son cœur fit un bond, se soulevant d'étage en étage. Le mécanisme grinçait comme une horloge antique rouillée.

« L'ascenseur est un peu vieux, dit-elle, mais il tombe rarement en panne. »

Sébastien ne put s'empêcher de faire un parallèle entre lui et cette machine.

« Je suis en panne et personne ne viendra m'aider ! » se dit-il.

Combien d'heures, voire de jours, avant d'éventuellement tomber sur une boîte aux lettres où serait inscrit le prénom Annette ? Combien d'Annette dans le quartier ? Et combien de boîtes aux lettres sans nom ?! Quand ce mot « combien » résonnait dans sa tête, des nombres à quatre chiffres lui apparaissaient… La rue allait du numéro 1 au numéro 133. Et après ? Combien de noms ? Deux mille ? Plus ?! Il n'en savait rien, mais il arrêta d'y penser lorsqu'ils arrivèrent péniblement au neuvième étage.

Madame Dalmasso lui fit visiter la chambre propre et sans vie de sa fille partie à l'étranger, le salon encombré de bibelots posés sur des napperons, une grande étagère où étaient exposées des photos à tous les âges de sa fille, qui semblait envahir l'espace.

Elle le pria de s'asseoir sur le petit canapé deux places devant la télévision, et continua à lui parler depuis la cuisine. Il ne l'écouta pas. Une fatigue soudaine l'envahit, alors il se leva afin de se dégourdir les jambes. Madame Dalmasso ne devait pas le voir aussi abattu !

Il s'approcha de la fenêtre, déplaça le voilage afin de regarder ce que sa femme de ménage appelait une belle vue. En face, il vit le square où trônait le menhir à la gloire de Vercingétorix.

En bas, des adolescents faisaient du skateboard, ils étaient agiles, rivalisant entre eux. Il les regarda sans leur prêter vraiment attention, lorsque soudain jaillit dans son esprit une illumination :

« Ce sont eux, mon armée ! »

Madame Dalmasso revint avec deux tasses de café fumantes sur un petit plateau. Le baron sautait de joie.

« J'ai un plan, Madame Dalmasso !
— J'en étais sûre, Monsieur le baron ! »

Tout ce qui servait à écrire avait été placé sur la petite table du salon. Sébastien analysa le matériel, il ne serait pas suffisant ! Il dressa la liste de ce qui leur manquait. Il faudrait au préalable galvaniser ses futures troupes avec de l'argent liquide. Retirer une certaine somme au bancomat le plus proche était nécessaire afin de lever une armée de facteurs en skate sans autre précision qu'un prénom.

Madame Dalmasso écoutait le baron parler des ados de son quartier comme d'une armée à mettre sur pied ! Il lui expliqua :

« Ils arpenteront la rue Vercingétorix en skate, s'arrêteront dans chaque allée afin de trouver toutes les personnes de sexe féminin portant le prénom Annette ! »

Puis il lui demanda :

« Madame Dalmasso, si vous le voulez bien, votre appartement servira de QG ? »

Elle acquiesça aussitôt mais ne semblait pas bien le suivre. Le baron reprit ses explications :

« Le QG, ou quartier général, est l'endroit où les informations se regroupent, je me chargerai d'organiser cela, et vous, Madame Dalmasso, vous accueillerez nos soldats avec quelques boissons fraîches, des stylos neufs en cas de panne, des blocs-notes. Enfin tout ce qui sert à écrire ! L'intendance militaire, c'est vous, Madame Dalmasso ! Vous comprenez ?

— Oui, oui, tout à fait Monsieur le baron ! s'empressa-t-elle de répondre.

— Mais sachez que ce travail de facteur sans même un nom de famille va sans doute les lasser. Ils pourraient très bien échouer par manque de conviction ! Vous et moi, nous devrons faire en sorte de les encourager vivement !

— Oui, oui, je suis d'accord Monsieur le baron ! »

Elle tapait dans ses mains comme pour l'applaudir ou peut-être s'activait-elle déjà à l'idée d'organiser un tel événement !

« Je vais promettre à ces jeunes garçons exactement ce que Vercingétorix aurait promis, la victoire ! Et bien entendu, il faudra la célébrer avec tous nos soldats sans oublier la petite ! »

Aussitôt, elle approuva :

« Je pense, Monsieur le baron, que vous êtes le meilleur patron au monde !

— C'est surtout que Nathalie ne raterait pas une fête pareille !

— Ah ! la jeunesse ! » lui répondit-elle avec un air nostalgique.

Sébastien fit une chose qu'il n'avait jamais faite auparavant, il prit sa femme de ménage dans les bras. Elle essuya quelques larmes. Le moment était solennel !

Il ne fallait pas perdre de temps…

L'idée d'une fête lui était venue subitement. C'était encore la meilleure façon de faire des émules, l'information passerait parmi les jeunes du quartier. De l'argent ainsi qu'une fête dans le château d'un baron ! De quoi exciter tout le quartier ! ! !

Lui-même ne tenait plus en place à l'idée d'organiser ce qui avait tout l'apparence d'un jeu ! Une part de son enfance ne l'avait jamais quitté, il s'imaginait de nouveau au service d'une noble cause, comme jadis quand il se voyait au temps de la chevalerie ! Son personnage de baron l'amusait, il allait le surjouer afin de plaire à ces gamins intrépides en skate !

Les adolescents le prirent pour un cinglé lorsqu'il se présenta comme un baron à la recherche de sa nièce. Mais lorsqu'il sortit un billet de 50 francs, à l'effigie du peintre Quentin de la Tour, ils interrompirent tous leurs activités, attendant la suite. Le baron saisit l'occasion et enchaîna :

« Je vous présente Quentin de la Tour, ce grand maître a toujours refusé le titre de noblesse, déclarant que la plus grande noblesse était l'art et que cette dignité-là, il l'avait déjà ! Moi-même, j'avais la plus grande richesse, une nièce merveilleuse mais par ma faute, elle est partie car je ne voulais pas la laisser vivre comme elle l'entendait ! Je suis un baron stupide qui a besoin de votre aide. Pour cela, j'ai prié

Quentin de la Tour qui, malgré lui, s'est retrouvé affiché sur des millions de billets de banque. Je n'ai pas des millions à vous donner mais je ne peux pas vous demander un service sans une gratification financière ! »

Il sortit négligemment son portefeuille de son pardessus. Les garçons virent alors une liasse de coupures dépassant du rebord en cuir. L'appât du gain effaça tout jugement envers ce drôle de personnage.

« Que devons-nous faire, Monsieur ? lança le plus téméraire.

— Il faudra faire passer l'information dans toute la rue Vercingétorix car j'ai besoin d'une véritable armée ! Je paierai toute personne sachant se déplacer sur un skate ! Je n'ai qu'une information, Annette, ce seul prénom affiché sur une boîte aux lettres dans cette rue immensément peuplée ! Je vous donnerai stylos et carnets. Et si vous parvenez à retrouver cette jeune Annette âgée d'une vingtaine d'années qui sait certainement où se trouve ma nièce, Nathalie de la Villette, je vous promets que nous fêterons ensemble cette victoire. J'organiserai la plus grande fête que vous puissiez imaginer dans mon château ! »

Un ado très pragmatique lui répondit :

« Combien de l'heure ?

— Nous allons discuter d'un salaire mais aussi de l'organisation dans un logement qui fera office de quartier général, si vous voulez bien me suivre ? »

Ils le suivirent comme un seul homme, sans aucune hésitation. Un événement extraordinaire était en train de se produire. L'idée de retourner à leurs acrobaties autour du square leur semblait d'une banalité épouvantable !

Madame Dalmasso les attendait, de nombreux sodas étaient posés sur la table de la cuisine.

Après avoir glané les informations nécessaires afin de vérifier leur connaissance du quartier, le baron leur demanda d'élire deux chefs pour coordonner les équipes, l'une chargée du côté pair de la rue et l'autre, du côté impair. Ensuite, il leur fournit le matériel nécessaire, stylos et blocs-notes.

Un des ados en plaisantant l'appela Vercingétorix, il en profita pour donner une consonance latine au prénom du blagueur. Marc devint ainsi Marcus !

Comme à l'époque des Romains, certains furent nommés tribuns, et chargés de crier dans la rue :

« Qui connaît une fille du quartier se prénommant Annette ? »

La troupe ainsi formée se précipita à la conquête de chaque allée, de chaque habitation.

Rapidement, l'information circula, et ils furent nombreux à se rendre chez madame Dalmasso afin de participer à ce qui ressemblait à un jeu, qui pouvait rapporter du pognon et se terminerait par une fête monstre dans un château !

Au deuxième étage d'un immeuble, deux filles se penchèrent à la fenêtre afin de comprendre ce qui se passait. Elles aperçurent alors des dizaines de garçons en skate arpentant la rue, en criant :

« Annette, qui connaît une Annette ? »

Scène XV

« 12 h 00, départ gare de Lyon.
13 h 30, arrivée en gare de Mont-en-Bœuf.
14 h 15, rendez-vous au Lycée professionnel, 15 rue du Prieuré. En présence du maire et des étudiants en section « métiers de la mode ». Présentation des projets en cours.
15 h 30, apéro à la mairie avec les différents représentants de l'industrie locale. (Nouveau discours du maire et présentations)
16 h 30, fanfare « écossaise », en ton honneur sur la place du marché avec tout le tralala…
18 h 00, départ, destination PARIS ! ! !
Comme tu peux le lire, tout cet emploi du temps pour un seul après-midi ! Juste quelques heures pour prendre ta revanche ! On se souviendra de toi, tu peux compter sur moi ! ! !
Au plaisir d'avoir organisé une si belle opportunité à l'en-

fant prodige de Mont-en-Bœuf !
(La fanfare, une idée du maire ! ! !)
Avec mes meilleures pensées.
Ton Sébastien ! »

Assis en première classe dans le train du retour, Baste relisait l'emploi du temps de cette journée organisée par son compagnon. Il ne comprenait pas car rien ne s'était passé comme indiqué sur le papier !

Dès son arrivée, il fut surpris, sur le quai de la gare, par la présence d'une fanfare rassemblant quelques hommes vêtus de kilt. Ils étaient seulement six à jouer d'un instrument, trois avaient une trompette, deux des maracas et le dernier, un tambour. Un homme en costume se tenait devant cet orchestre absurde et disharmonieux. De nombreuses personnes regardaient, interloquées. C'était complètement raté !

Il longea le quai en pensant que ce spectacle pitoyable ne le concernait pas. Mais, alors qu'il s'éloignait, il vit l'homme en costume lui courir après suivi de la petite troupe qui essayait de garder son rythme. L'homme l'interpella par un nom qu'il aurait préféré ne plus jamais entendre : Bastien Nikono. Il le répéta :

« Vous êtes bien Monsieur Bastien Nikono ? »

Baste faillit le rabrouer sèchement. Sa colère était si grande qu'il eut du mal à la contenir. Il fit cependant l'effort de cacher son irritation et lança cette phrase laconique :

« Pas tout à fait, c'est Baste Nikolao ! »

Pour le couturier célèbre, la suite de la journée fut du même acabit.

Il jugea complètement stupide le maire de Mont-en-Bœuf, qui, dès son arrivée, avait tenu des propos ineptes : il n'avait pas trouvé suffisamment de musiciens car les plus âgés avaient refusé de se montrer… !

Les habitants de Mont-en-Bœuf avaient élu un de leurs semblables !

Au lycée professionnel, les mannequins couture et les mannequins hommes de vitrines portaient tous des jupes. Pourquoi ? On lui expliqua que le projet en cours portait sur « la virilité en jupe ». De qui se moquait-on ?! Étudiants filles et garçons se tenaient sagement à côté de leurs créations attendant qu'il s'approche, mais il n'en avait pas envie ! Le maire, Monsieur Petit, portait bien son nom ; il l'incita à se diriger vers les futurs créateurs en le prenant par le bras. Baste faillit se dégager vivement mais il n'osa pas.

« Aucun talent ! » pensa-t-il aussitôt.

Monsieur Petit le regardait, ils attendaient tous. Il s'entendit aligner des banalités avec un sourire pour chacun.

Afin de répondre au projet, beaucoup avaient choisi la facilité, kilts ou jupes écossaises.

Le maire fit un discours vantant la virilité des hommes écossais, quand bien même ils ne portaient pas de pantalon. Il fut aussi ridicule que la fanfare écossaise !

« De qui se moque-t-on ? » se répétait-il…

Un doute surgit. De lui ? Comment, sinon, interpréter ce « déballage de jupes » ?!

Pourtant, à considérer leur air sérieux, Baste fut assuré d'une chose : le temps n'avait pas évolué, ces habitants étaient restés aussi bêtes que durant sa jeunesse.

« Je ne peux pas prendre ma revanche sur de tels ploucs ! » conclut le célèbre couturier.

Il regretta amèrement sa venue, espérant que les industriels de la région seraient d'une qualité supérieure car il n'était plus question de vengeance. Il désirait se débarrasser au plus vite de celui qui ne le quittait pas d'une semelle ! Il ne le supportait plus, avec son regard qui cherchait sa complicité, ses accolades, ses sourires… Ce maire au nom prédestiné croyait-il à une quelconque amitié ? !

Hélas, il rencontra d'autres bouseux. Charcuterie, fromage et même une vache, première au salon de l'agriculture l'an passé !

Mais ce n'était rien comparé à ce journaliste qui avait osé caricaturer son nom, il l'avait appelé, Basta Picolo ! ! ! Complètement saoul, il se croyait sans doute drôle ! ! !

L'humour aviné avait ses limites, il le remit aussitôt à sa place !

Rien n'avait changé. Un homophobe se permit de lui dire qu'à Mont-en-Bœuf, les hommes pensaient que les femmes étaient plus belles en jupe et qu'une fois qu'il serait parti, on n'entendrait plus parler de jupes pour hommes !

« Et pourquoi ? Je ne vous oblige pas à vous mettre en jupe, Monsieur ! » lui répondit vertement Baste Nikolao qui avait perdu toute patience.

« Encore heureux ! Il manquerait plus que ça ! »

Le ton monta rapidement. L'inconnu se permit de rajouter :

« Ici, on n'est pas chez les guignols ! »

Le maire s'interposa, il prit le belligérant à part et l'évacua de la salle.

Profitant de ce qu'il se resserve un verre d'un vin régional, l'ivrogne revint à la charge, lui signalant qu'il avait écrit un article sur lui et lui enfonça de force un journal dans la poche de sa veste.

Baste voulut répondre, à l'abri des regards. il n'en eut pas le temps. Alors qu'il allait se débarrasser de l'opportun et lui rendre sa feuille de chou, Monsieur Petit surgit, visiblement agacé :

« Je suis désolé, Monsieur Nikolao, juste un vieux grincheux qui n'a rien compris à la mode !

— La mode ! La mode ! Il ne s'agit pas que de jupes pour hommes ! »

Trop tard, son ton était sec, le maire surpris voulut se reprendre.

« Bien sûr, bien sûr, je ne connais pas toutes les subtilités mais vous avez pu constater que nos chers étudiants ont une meilleure idée de ce qui se fait ou pas en matière de mode ? D'ailleurs, auriez-vous l'obligeance de nous dire si certains d'entre eux vous paraissent assez talentueux pour travailler dans un atelier haute couture à Paris ? »

Ainsi, c'était pour ça qu'on l'avait fait venir, pour profiter de lui ! ! !

« Oui, bien sûr », répondit-il hypocritement.

Une seule envie à ce moment, déguerpir au plus vite et ne plus jamais entendre parler de Mont-en-Bœuf !

Hélas, il dut rester pour le discours du maire et tout le tralala, comme aurait dit Sébastien.

Il pensa à lui avec nostalgie, le vit à Paris !

« Certes, se dit-il, Sébastien avait organisé cette après-midi mais il n'était pas responsable de cette médiocrité ambiante. On ne pouvait pas faire mieux ! »

En ce qui concernait sa « revanche », comme il l'avait écrit, il ne fallait pas compter dessus !

Plongé dans ses pensées, Baste n'écouta rien du discours du maire. Il s'imaginait déjà de retour dans l'appartement de Sébastien.

« Mais, à mon retour, je lui raconterai, le maire, la fanfare et tout le reste ! Et je me réjouirai avec lui d'avoir quitté cette ville, et il sera d'autant plus content que c'est en partie grâce à lui que j'ai réussi ! »

Il ne se souvint même pas d'avoir salué quiconque…

Dans le train, un grand soulagement le gagna à la vue de la distance qui le séparait de Mont-en-Bœuf. Assis confortablement, il se détendit, heureux à l'idée d'arriver bientôt à destination. Sans aucune culpabilité au sujet de ses parents qu'il n'avait pas avertis de sa visite. Un après-midi à Mont-en-Bœuf était suffisant !

Le contrôleur entra dans le compartiment et annonça l'arrivée du train en gare de Paris dans dix minutes. En rassemblant ses affaires, Baste aperçut dans sa poche le journal plié. Il ne put s'empêcher de le lire, afin de se réconforter, sans doute, et se réjouir encore de ne plus habiter cette ville, de l'avoir laissée en même temps que son passé révolu et haï.

Il s'attendait à un article élogieux vantant l'enfant du pays devenu célèbre. À l'instant où il vit le titre, une colère le saisit. Ah ! Comme il regrettait de ne pas avoir empoigné ce journaliste ! Il lut les premières lignes, le maire parlait de lui, de ce qui l'avait rendu célèbre, la jupe pour homme ! Ainsi, il l'avait ridiculisé. Et il se souvint de certains regards gênés, des étudiants devant leur création ! Forcément, en faisant de ce vêtement féminin le symbole de sa créativité, il avait réduit son travail à la lubie d'un pauvre esprit égaré ! Celui d'un homo dépravé ! Sournoisement, il avait même essayé de l'amadouer avec son regard empli d'obligeance ! Et tous ces étudiants pris en otage afin de satisfaire l'ego d'un petit maire, d'une personne jalouse de son succès. Il était impossible que le maire ne soit pas au courant de l'article de presse. C'est lui qui avait tout manigancé !

« Mais bien sûr, fulmina-t-il, c'est lui qui a écrit ces lignes ! Comment un ivrogne aurait-il pu le faire ? ! »

Le maire n'avait pas voulu être éclipsé par lui, le grand couturier ! Il l'avait utilisé afin de démontrer la grandeur de sa ville puisque le paragraphe suivant décrivait Paris comme une ville dépravée où une minorité faisait la mode sans se soucier du regard de la majorité ! Et quelle perfidie dans cette phrase, « ce qu'on nomme idée novatrice, la jupe masculine » !

Il comprenait maintenant pourquoi un type l'avait apostrophé après avoir lu cet article provocateur !

« Et lorsque vous partirez, il n'y aura plus de jupes portées par des hommes ! On n'est pas des guignols à Mont-en-Bœuf ! »

Ces mots résonnaient dans son esprit comme la preuve de la duplicité du maire.

Il se souvint de rires cachés, de regards en coin… Heureusement, certains n'avaient pas réagi. Il pensa avec frayeur qu'il aurait pu se faire lyncher, par la faute d'un esprit tordu !

Il avait certainement tout prévu. Pas de scandale, juste un type en colère qu'il s'est chargé de faire disparaître ! Seuls sont restés ses complices, tous ces marchands de cochonnailles prêts à baisser leur froc devant monsieur le maire !

« À ce compte-là, il n'est pas étonnant qu'il n'y ait eu personne à la gare pour m'accueillir ni dans les rues !

Évidemment ! Il m'a fait passer pour un cinglé de la capitale qui habille les hommes comme des femmes ! Ah ! Comme j'ai été naïf ! Encore une fois, je me suis fait avoir et tout cela à cause de quoi ? De la jalousie, uniquement de la jalousie ! C'est bien connu, les ploucs ne supportent pas le succès des hommes de talent ! Et le titre de l'article est une preuve flagrante : « Basta Picolo, le grand couturier accueilli à Mont-en-Bœuf ! » Basta veut dire, c'est assez et Picolo, petit… Exactement le nom de famille du maire ! ! ! Ah ! Le fumier ! »

Le train stoppa et rageusement, il jeta le journal au sol.

Plus loin, sur le quai de la gare, il regretta son geste, mais le train repartait déjà, avec la preuve ! Baste Nikolao faillit courir quand il comprit qu'il ne parviendrait pas à atteindre son wagon à temps.

Rentrer chez lui dans cet état, il en était incapable, seul son compagnon Sébastien pourrait le réconforter ! Bastien se hâta de prendre au plus vite un taxi. Passant devant une personne âgée, il fit quelques grandes enjambées, et héla le chauffeur avant elle.

En sonnant à la porte, il pensait déjà à tout ce qu'il lui raconterait ! Une fille lui ouvrit. Une stupéfaction totale le saisit à sa vue. Elle lui dit bonjour et le fit entrer. Il était si surpris qu'il demeura sans voix.

Sébastien était assis sur le canapé, un cigare à la main, le signe d'un grand évènement ! Mais lequel ? Peut-être croyait-il que son voyage avait été un succès ? Il n'y avait pas d'autres fêtes à cette période de l'année. Il vit assis à ses côtés un jeune homme en costume cravate, qu'il lui sembla connaître… Décidément, cette journée était plus que particulière !

« Et dire que je le pensais seul, comme d'habitude ! »

Baste n'eut pas le temps de se poser plus de questions, Sébastien prit la parole et ce qu'il entendit le laissa pantois :

« J'ai une grande nouvelle à t'annoncer, je vais adopter Natalia puisque je suis le dernier de ma lignée. Mais ce que nous fêtons ce soir, ce sont les fiançailles de Natalia et de Mathias Amer ! »

Et il ajouta avec nonchalance :

« Alors, ça s'est bien passé pour toi ?

— Le chanteur célèbre, Mathias Amer ? ! répondit-il bêtement.

— Évidemment ! Qui d'autre que lui pourrait porter ce nom ? Il s'est habillé pour la circonstance et regarde, trente-six roses blanches, dans la plus parfaite tradition ! »

Il était temps de lui dire la vérité, mais seul à seul.

« J'ai quelque chose à te dire et… »

Sébastien l'interrompit :

« Oui, je sais, elle ne s'appelle pas Natalia Karliera ! Eh bien, tu en fais une tête… ! »

Nathalie ne put s'empêcher de rire, Mathias la suivit et Sébastien fut pris d'une quinte de toux. Les visages de ses deux amis devinrent soucieux tandis que le couturier contenait son impatience…

Enfin, Sébastien retrouva sa voix :

« Depuis, ce matin, je tousse mais j'espère guérir très vite afin d'organiser leurs fiançailles dans mon château, ce sera une grande fête disco où l'on dansera. Mathias préfère le rock et toi, tu aimes le disco ?

— Oui, ça va ! »

C'était incompréhensible, il fallait absolument qu'il clarifie cette situation !

« Je ne comprends pas, tu ne me demandes même pas comment s'est passé mon voyage à Mont-en… »

Une vilaine toux se fit à nouveau entendre, rendant impossible la moindre conversation.

Depuis ce matin, Sébastien avait la gorge qui le brûlait et s'il avait fait l'effort de paraître avec un cigare à la bouche, c'était uniquement dans l'intention de narguer celui qui le méritait bien !

Hélas, fumer dans son état avait fait échouer son plan, il allait devoir abréger le moment.

Il reprit la parole, entre deux hoquets :

« Je suis désolé, il va falloir que je vous laisse, mes amis, je tousse, je tousse ! »

Sa toux reprit de plus belle.

« Hem, hem, hem, fit-il en se raclant la gorge afin de calmer sa gorge enflammée par la fumée de son cigare.

— Je pense que tu pourras me raconter ta revanche un autre jour.

— Hem, hem, fit-il encore afin de reprendre sa voix. J'ai promis à nos deux amoureux qu'ils pourront profiter d'une soirée en tête à tête. Baste va partir, n'est-ce pas Baste ? »

« Ouf ! » se dit-il, soulagé d'être parvenu au bout de sa phrase.

L'effort fourni déclencha une autre série de toussotements.

Baste ne put s'empêcher de l'interpeller en haussant le ton afin de se faire entendre par le malade.

« Mais pourquoi ne m'appelles-tu pas Bastien comme d'habitude ? »

Une tension dans la pièce se fit sentir.

« Eh bien ? insista le couturier. Eh bien réponds-moi ! ALORS ? »

La voix irritée du couturier donna l'élan nécessaire à Sébastien, qui se leva d'un bond comme un homme en pleine santé, le fusilla du regard et lui dit :

« Et que penses-tu de Basta Picolo ? »

Il allait répondre, demander des explications, les exiger ! Mais alors qu'il s'approchait de Sébastien, Nathalie empoigna la main de Mathias afin de s'avancer au plus près de lui. Elle le regardait durement.

Il les vit tous les trois faire bloc avec le même regard !

C'était eux ! Bien sûr !

Sébastien, son meilleur ami de toujours, le toisait avec un air méchant ! Et pire encore, Mathias Amer voulait visiblement en découdre avec lui ! Il n'allait tout de même pas se battre avec ce chanteur !

En partant, il les menaça :

« Je vous promets, vous aurez de mes nouvelles ! »

Scène XVI

La fête ! Elle fut l'une des plus réussies, mais elle semblait déjà si lointaine, cette fête au château, alors qu'elle n'avait eu lieu qu'un mois plus tôt…

Sébastien avait tenu parole, toute la rue Vercingétorix s'était déplacée ou presque ! Enfin, ceux qui « en principe » avaient eu la permission de leurs parents ! Comme dans la boîte de nuit la plus mythique de Paris, le Grand Théâtre, la fête avait réuni toutes sortes de personnalités, selon le souhait du baron de la Villette. Il l'avait voulue cosmopolite, mais surtout dansante !

Dans le vaste jardin comme au rez-de-chaussée du château, des lasers connectés au rythme de la musique avaient rassemblé dans le même esprit festif des groupes hétéroclites : aristocrates plus ou moins guindés, mannequins débutantes ou pas, célébrités en devenir ou déjà installées dans une carrière prometteuse… Peu importaient leurs différences, l'essentiel était de danser, danser encore et encore ! L'esprit du disco avait encore une fois apporté son ivresse fédératrice. Cette fièvre s'était même emparée de Madame Dalmasso. Elle n'avait pas résisté !

Également présente, Annette, pourtant, la jeune femme avait hésité à venir ! Nathalie lui avait promis qu'elle serait l'unique demoiselle d'honneur à son mariage avec le chanteur, Mathias Amer, alors l'affront infligé par celui qui avait omis de lui révéler son statut marital avait été oublié ! D'ailleurs, elle n'était plus célibataire. Le plus doué en figures acrobatiques, surnommé le Vercingétorix du skate, avait réussi à la consoler en lui apprenant les bases de la planche à roulettes !

C'était grâce à sa femme de ménage que le baron avait retrouvé Nathalie. Après avoir désobéi, elle n'avait pas osé revenir, se persuadant que Sébastien ne lui pardonnerait jamais ! Elle s'était réfugiée chez son amie Annette. Puis les jours avaient passé. Elle avait eu tout le loisir de réfléchir aux semaines précédentes, où, projetée d'une situation dans une autre, elle avait suivi les directives de celui qui prétendait vouloir sauver son honneur… Mais pourquoi voulait-il sauver son honneur ? On n'était plus au XIXe siècle ! N'avait-elle pas été plutôt une simple marionnette, un jouet à éduquer comme un animal bien dressé, comme son lévrier afghan, Aron ! Naïve comme son amie, Annette tombée dans les bras d'un « beau parleur », qui dans la bousculade, l'avait oubliée, la laissant seule sur le trottoir sans même lui dire un au revoir, comme un objet devenu encombrant ! Lorsque le lendemain, Nathalie avait sonné à sa porte, elles étaient aussi dépitées l'une que l'autre, ne sachant quelle suite donner à leur aventure. Elles avaient cru toutes les deux à un rêve, mais ce rêve avait pris des allures de cauchemar. Annette avait conseillé d'oublier, de tout oublier !

Oublier avait été plus dur pour Nathalie, le baron lui manquait ainsi que Madame Dalmasso. Elle avait eu l'impression d'avoir quitté une famille ! Il lui avait été moins difficile de s'enfuir du domicile familial, de laisser sa mère seule. Elle s'en était voulu ! Et quelle idiote d'avoir écrit quelque chose comme « Je te contacterai seulement si je deviens célèbre ! »

Durant des jours, elle avait ruminé, ne sachant que faire…
Téléphoner sans pouvoir rendre l'argent volé !

En songeant à Annette qui travaillait chez un fleuriste, elle réfléchit à son avenir.

« Peut-être devrais-je faire pareil, j'aime les fleurs ! se dit-elle. Et ainsi, je rembourserai ma mère ! »

Cependant, malgré ses bonnes résolutions, elle n'était pas parvenue à oublier les moments de complicité avec Sébastien et les discussions avec Madame Dalmasso. Alors, lorsqu'elle avait compris que tout un quartier la cherchait, elle n'en était pas revenue ! Était-ce possible ? Un événement de l'ampleur d'une révolution avait envahi la rue ! Des dizaines de garçons en skate avaient surgi, s'engouffrant dans des allées d'immeuble, ressortant en criant à d'autres qu'il était « inutile de chercher là » ! D'autres moins nombreux mais suffisamment bruyants avaient crié en bas de l'immeuble :

« Annette, on te cherche ! Annette, Annette, où es-tu ? »

Des gens s'étaient plaints du boucan, d'autres plus curieux avaient cherché à savoir quelle était la cause de tout ce remue-ménage. Un voisin excédé avait hurlé depuis son balcon :

« Mais qu'on la trouve cette Annette, bordel de merde ! »

La police allait arriver et mettre de l'ordre ! Des personnes âgées s'étaient plaintes de cette jeunesse sans éducation ; de leur temps, une chose pareille eut été impossible !

Mais rien n'avait semblé pouvoir arrêter cette folie qui subitement avait envahi le quartier ! Des hordes d'ados en skate avaient décidé, on ne savait pour quelle raison, de fouiller chaque allée entre les immeubles ! Puis l'info avait circulé, un baron avait donné de l'argent à ces jeunes afin qu'ils retrouvent une certaine Annette. L'idée qu'un aristocrate propose en cas de victoire une fête dans son château avait enfiévré les esprits autant que l'argent distribué généreusement à ceux qui possédaient un skate. Certains en avaient profité et plusieurs Annette s'étaient présentées !

La vraie Annette habitait au 179 rue Vercingétorix, au deuxième étage...

Les retrouvailles avaient été émouvantes ! Madame Dalmasso avait pleuré, ce que n'avait pas supporté Nathalie, qui s'était excusée à maintes reprises jusqu'à ce que Monsieur le baron lui dise qu'elle n'avait rien à se faire pardonner, qu'il était seul coupable ! Les deux femmes avaient pris sa défense et finalement, ils avaient décidé de mettre un terme à leurs effusions afin de s'expliquer.

Déconcertée en entendant le baron, Nathalie avait eu de la peine à comprendre que lui, un personnage de son rang, déploie de si importants moyens pour la retrouver, alors qu'il devait du matin au soir lui donner des cours de français afin de la rendre moins bête !

« L'important, lui avait répondu Sébastien, c'est de laisser la liberté à ceux qu'on aime ! »

Quelques ados en train de manger des biscuits chez madame Dalmasso avaient approuvé tout en se réjouissant d'avoir réussi leur mission. La fête allait avoir lieu et déjà, ils piétinaient d'impatience dans le petit appartement.

Quand elle apprit cette promesse, Nathalie avait eu la certitude que le baron de la Villette venait d'un autre siècle, du temps des croisades. C'était un chevalier complètement barré ! Sa femme de ménage l'avait jugé déraisonnable, elle n'appréciait pas forcément la musique disco et surtout fallait-il vraiment organiser une telle fête ? !

Devant ses airs de reproche, le baron, dans un élan dont il était coutumier, avait fait des moulinets avec les bras en s'exclamant à l'intention de Madame Dalmasso :

« J'ai besoin d'une Claudette ! »

Et il l'avait entraînée, la tirant par le bras.

C'était bien lui, Nathalie l'avait retrouvé avec sa folie !

Ce jour-là, ils avaient décidé de ne plus jamais se quitter...

Puis Mathias Amer avait fait son apparition. Le baron avait alors compris que c'était pour les beaux yeux de ce garçon que Nathalie avait fugué ! Il lui laissa la liberté d'aimer ce chanteur exagérément poli, mais il avait tout de même été surpris par la rapidité de leurs fiançailles !

Il décida que la fête serait l'occasion d'annoncer les fiançailles de sa nièce.

Nathalie de la Villette se fiançait avec Mathias Amer. Les membres du groupe Daytona avaient naturellement été invités ! Macha, la gardienne des nuits parisiennes réussies, avait accepté la proposition du baron de la Villette. Comment refuser au vu de l'événement ? Elle s'était chargée de la sécurité en dépêchant dix molosses, à qui elle avait demandé de rester souples sur les conditions d'entrée, selon les recommandations de son employeur.

Évidemment, étant donné le nombre de mineurs, aucun alcool n'avait été servi, au grand désespoir de beaucoup ! Les membres du groupe Daytona et d'autres étaient venus se plaindre auprès de celui qui avait décidé d'organiser une boum pour enfants. Le baron leur avait répondu :

« La fête est plus folle sans alcool. »

Il ne le savait pas alors, mais cette formule deviendrait, des années plus tard, un slogan publicitaire célèbre ! Sur le moment, tous avaient trouvé ça « nul ».

Et pourtant... la fête avait été magique !

Sans doute, le château illuminé par des dizaines de lasers avait fait son effet, la forêt avoisinante où de nombreux couples s'étaient perdus au propre comme au figuré avait offert un cadre excitant à de nombreux esprits citadins. Les multiples pièces, escaliers et recoins sombres avaient donné des frissons aux adeptes des films d'horreur ! Plusieurs auraient juré avoir vu un fantôme les poursuivre jusqu'à ce qu'il se précipite au-dehors ! Les aristos invités par le baron s'étaient moqués de ces ados peureux tout en leur expliquant que c'était normal car toutes les demeures ancestrales avaient une histoire, a fortiori les châteaux !

Le château se trouvant à deux heures de Paris, des cars avaient été mis à disposition pour les jeunes de la Rue Vercingétorix, l'aller comme le retour avait été prévu. Plusieurs dortoirs avaient été aménagés dans l'édifice.

La fête s'était transformée en une colonie de vacances lorsque le baron de la Villette, à une heure du matin, ordonna au micro en s'adressant à tous comme un moniteur de vacances :

« La fête est finie, il est temps d'aller se coucher. Que ceux qui ne sont pas invités à dormir dans le château veuillent bien se diriger vers la sortie. Je vous remercie mais vous comprendrez que j'ai la responsabilité d'une centaine de mineurs ! »

Évidemment, les jeunes avaient protesté. Alors Macha était apparue devant la grille du château, filtrant les sorties avec un grand zèle. La consigne était claire : elle avait la responsabilité de refouler à l'intérieur tous les mineurs. Certains de la rue Vercingétorix avaient essayé de franchir l'enceinte entourant l'ancestrale demeure. Quelques-uns avaient réussi. Mais alors, ils s'étaient retrouvés dans la rase campagne, ne sachant que faire. Ils avaient rebroussé chemin, et devant l'entrée du château, essayé de se faire admettre dans un des véhicules. Les vigiles étaient alors intervenus, démontrant toute leur compétence grâce au conseil avisé de Sébastien : tendre une carotte plutôt que le bâton ! Pareils à des mères nourricières, ils avaient ainsi parlé aux mineurs de petits pains au chocolat, escargots et croissants chauds avec ou sans confiture, servis à ceux qui voulaient bien réintégrer leurs dortoirs. L'offre avait remporté un franc succès ! Entre cette proposition et le risque d'être malmené ou ridiculisé devant de nombreux témoins, le choix avait été vite fait. Les plus récalcitrants avaient même fait mine d'être chanceux, allant jusqu'à narguer ceux qui partaient en voiture !

Le lendemain, ils étaient partis en chahutant, faisant des signes de mains depuis les vitres du car.

Puis, un calme étrange s'était installé jusqu'à ce que différentes équipes interviennent afin que le château retrouve ses marques moyenâgeuses.

Les fiancés avaient également peu dormi.

Enfin, le baron s'était écroulé sur son lit, satisfait d'avoir rempli sa mission.

La fête avait été réussie !

Tandis que le baron dormait du sommeil du juste, Mathias avait eu l'impression de commettre un kidnapping lorsqu'il avait fait monter sa nièce dans sa voiture.

Hélas, aujourd'hui, il ne restait rien de cette fabuleuse aventure…

C'était un temps révolu, une époque où le bonheur avait franchi tous les obstacles faisant de chaque jour une fête perpétuelle. Nathalie avait cru à son miracle, le baron de la Villette était ce magicien capable de changer sa vie ! Grâce à lui, elle s'était fait un nom, ou peut-être était-ce grâce à ses fiançailles avec un chanteur célèbre ? !

La presse s'était saisie de l'« affaire », relatant tous les épisodes de leur rencontre ainsi que la fugue de la nièce du baron de la Villette. Le roi du skate avait posé fièrement devant le menhir avec Annette, grâce à qui tous les Parisiens connaissaient à présent la rue Vercingétorix. L'histoire avait plu. On se serait cru aux temps des croisades avec en final, une demande en mariage. Un chanteur rebelle devenu preux chevalier, si amoureux qu'il avait laissé loin derrière lui ses frasques passées ! Ne pensant qu'à se produire avec sa dulcinée, enchaînant les interviews afin de clamer son amour. Un seul article avait fait mention d'une chambre d'hôtel saccagée. L'incident fut ignoré, les journalistes préférant écrire sur un sujet plébiscité par les lecteurs avides de lire ce conte de fées moderne : le « bad boy », Mathias Amer, anciennement briseur de cœurs, s'était fiancé avec une aristocrate !

Puis, la presse, la même qui, auparavant, s'était fait l'écho de sa gloire, se chargea de relater en long et large la chute de celui qu'elle avait désigné comme le baron du disco, le baron de la Villette. Décrivant avec un luxe de détails toutes les manifestations possibles de la maladie dont il était atteint - pneumonie à pneumocystose, sarcome de Kaposi, tumeurs diverses… - elle paraissait se complaire à dépeindre les effets de chaque symptôme sur le corps humain, afin de satisfaire un public avide de sensationnel.

Alors que les journalistes osaient tout, le silence se fit autour d'eux… Le baron de la Villette, qui luttait pour sa vie, n'existait déjà plus pour ses amis et connaissances. Tout le monde le considérait comme mort. Seules Nathalie et Madame Dalmasso restaient à son chevet.

Mathias lui aussi fut gagné par la peur, mais sa fiancée lui posa un ultimatum :

« Ou tu es un homme et nous restons ensemble, ou tu es une mauviette et je te quitte ! »

À ces mots, la vexation fut plus forte que la crainte d'être à son tour contaminé par cette épidémie venue des États-Unis.

De nombreuses informations circulaient. Beaucoup pensaient que le virus faisait partie d'un plan machiavélique.

« Les Américains, sûrement eux ! » disaient certains.

D'autres étaient plus enclins à croire à une simple erreur humaine :

« Le virus s'est échappé d'un laboratoire ! »

Mais d'où provenait cette épidémie ? Elle était comme une « chose » incongrue qu'on aurait transportée depuis les États-Unis, ce pays qui faisait rêver, et cette « chose » se nommait sida ! Comme la peste au Moyen Âge, ce mal du XXᵉ siècle fauchait rapidement les vies. Ils seraient bientôt des milliers, peut-être des millions à être sacrifiés ! Des scientifiques faisaient allusion à différents pays d'Afrique. Un animal aurait contaminé un homme, sans doute un singe. Ces savants étaient-ils racistes ? On ne savait plus qui ou quoi croire. Qui donc était responsable ?

Des images de corps suppliciés dans des hôpitaux surchargés de malades mourant en quelques jours de maladies que l'on pensait disparues ou rares se multipliaient comme autant de marques d'un esprit vengeur. Des voix au sein de l'Église catholique se firent entendre, c'était une punition de Dieu car les victimes commettaient le péché d'homosexualité ! Elles oublièrent volontairement les autres communautés touchées par ce fléau.

Et Sébastien, comment avait-il été contaminé ? Cette question, Nathalie n'avait pas osé la lui poser, mais de lui-même, il lui avait raconté. Un soir de colère, il avait vu Cédric et eu envie de se venger de toutes les trahisons de Bastien. C'était arrivé une seule fois, ils avaient fait cela à la va-vite, au Grand Théâtre, ce fameux soir où il avait disparu. Il se sentait coupable…

« Mais, lui dit-elle, il n'y a rien à te faire pardonner ! »

Elle avait appris que Cédric était mort comme tant d'autres, alors que Baste Nikolao était en pleine forme ! C'était une loterie, avoir de la chance, ou pas, le sort était injuste !

La mort rôdait et l'on continuait à faire la fête au Grand Théâtre comme ailleurs. Cela ne concernait qu'une partie de la population !

Puis d'autres furent touchés, des célébrités, des gens à la sexualité « ordinaire », des malades transfusés par un sang contaminé, etc. Alors, tout le monde finit par se sentir préoccupé, et enfin, chacun prononça le mot « sida ».

Nathalie grandit rapidement. La colère lui donna la maturité qui lui manquait encore !

Le récit du baron de la Villette

Je témoigne au nom de la postérité !

Bien que je me doute que personne ne le percevra…

J'assiste à mon propre enterrement. Je connais tous ces gens, ces visages aux airs plus ou moins attristés. Ils sont tous venus comme de bien entendu !

Je l'avais prévu ainsi…

C'était une de mes dernières volontés et ma nièce, Nathalie de la Villette, fut bien obligée d'y accéder. Je la vois à présent, tout habillée de noir, agrippée au bras de Madame Dalmasso, Mathias légèrement à l'arrière, ne sachant comment la consoler. J'aimerais lui dire que ce n'est qu'une étape dans un chemin de vie mais je ne peux pas lui transmettre ce message depuis ce qu'on nomme l'au-delà ! Je dois malheureusement la laisser avec la tristesse que je lui cause bien malgré moi. Et je dois l'avouer, je suis soulagé de savoir que deux personnes me regrettent sincèrement dans l'assemblée et éprouvent des sentiments véritables. Portant en elles la même souffrance, elles font front contre l'indifférence généralisée. Elles sont comme isolées dans la foule de gens venus me rendre un dernier hommage. Cet hommage prévu de longue date est une hypocrisie de plus !

« Ils viendront tous à mon enterrement car une fois enfermé dans un cercueil, emballé dans un bois précieux, inaccessible à la vue, je ne leur ferai plus peur ! »

C'était tellement évident !

Cependant, vous pouvez imaginer ma peur à moi lorsque les deux seules personnes plus importantes que ma propre vie refusèrent de me laisser à mon triste sort ! Le virus de l'immunodéficience humaine, VIH en abrégé, attaqua mes deux poumons et me fut fatal très rapidement. Mais, magnanime, il me laissa le temps de trouver un notaire plus courageux que les autres. De ce fait, je pus mettre à l'abri les deux personnes qui ressentaient pour moi une sincère affection. Ce « bas monde » s'était illuminé grâce à elles deux, et j'ai pu le quitter dans la sérénité !

Grâce à leur amour, je pus devenir ce qui ressemble à une âme en paix.

Ainsi, je mourus…

Mais avant, je ne pus m'empêcher de jouer encore une fois le « donneur de leçons » ! Comme je manquais de souffle, j'écrivis à Nathalie trois maximes pour lui servir de guides :

« Tu dois poursuivre ton rêve de gloire car seul l'argent assurera ta liberté.

Le prix à payer sera de côtoyer une société d'apparences.

Être ou ne pas être à la mode, c'est tout ce qui comptera dans le futur. »

Bien sûr, aucune morale dans ces recommandations ! Mais qui, comme moi, a bien vécu sait comment fonctionne le monde… Ne vaut-il pas mieux rêver pour ses enfants de sécurité que d'une vie de labeur à la merci d'un patron dont ils seront des pions éjectables ? !

Je vis dans ses yeux bleus son air perdu, mais elle désirait me faire plaisir à n'importe quel prix ! Je comptais sur sa loyauté, tout en sachant que Madame Dalmasso serait la gardienne de son éthique, et qu'elle finirait par se ranger du bon côté, car derrière ses rêves de gloire se cache le désir d'être aimée !

Ma mort ainsi que son mariage à venir avec son chanteur célèbre allaient faire tourner à plein régime les imprimeries. C'était prévisible !

De ma place, au-dessus de l'assemblée en noir, je distinguais, déjà à l'œuvre, des photographes planqués derrière des tombes…

Le drame se vend très bien !

Ma nièce, Nathalie de la Villette, était dans l'air du temps, à la mode ! Cachée derrière des lunettes noires avec ses longs cheveux, sa robe sobre, elle chancelait comme une fleur délicate, et Mathias la rattrapait.

De belles photos en perspective…

À présent, je survolais la vanité de ce monde sans éprouver la moindre colère ou tristesse.

Je distinguais de nombreuses préoccupations inutiles, les esprits de chacun trop encombrés semblaient lourds. Je préférais me concentrer sur ma nouvelle condition.

Mes émotions étaient toujours présentes. Cependant, elles existaient comme un tout faisant partie d'une multitude de choses partagées.

Un pur esprit ! Voilà ce que j'étais…

Je voyageais à travers les corps, j'entendais les voix intérieures de chaque participant ainsi que leurs ressentis.

Je m'étonnais moi-même de ne pas éprouver de colère devant la tristesse feinte de celui qui ne s'était jamais soucié de moi, vivant, Baste Nikolao. Son jeu d'acteur était parfait !

C'était un sacré numéro que celui-là ! Il était à la hauteur de son personnage, comme prévu ! L'opportunité était trop belle ! Se montrer aux yeux de tous, ce jour-là, comme un compagnon fidèle mais surtout courageux, défendant contre vents et marées toutes sortes de causes nobles.

Déjà, je percevais les nombreux calculs dans son esprit, je savais que se bousculaient en lui un tas d'idées novatrices ! J'avais anticipé sa présence comme une garantie pour la future carrière de ma nièce. Il le fallait car dans la grande famille des illusions il sait vendre du rêve, comme d'ailleurs d'autres marchands…

La « petite » était différente, elle n'allait pas vendre son âme aussi facilement. Je l'avais deviné et maintenant, j'étais soulagé de constater la véracité de mes prédictions, je captais son esprit écartelé, ne trouvant pas sa place dans ce monde. Son goût prononcé pour la fête était une fuite en avant. Ce chanteur au nom ridicule était son double, ils étaient comme deux électrons libres !

Le point fort de ma nièce étant son instinct de survie, elle renoncera à ses excès, elle deviendra plus sage…

J'ai chassé le fantôme de mon père car elle habitera le château. Elle se réinventera une autre vie, avec des objectifs plus sains puisque la mode s'adapte continuellement !

Mais quelle époque que celle du disco ! Nous étions insouciants, l'avenir semblait une fête perpétuelle ! Je fus surnommé le baron du disco !

Peu se souviendront de cette fête organisée dans mon château. Rien ne sera inscrit dans les livres d'histoire et j'ai failli expressément à ma tâche, qui était de laisser une trace de mon existence sur cette terre. Moi, le dernier rejeton de la lignée, qui ai contrarié mon père en organisant avec l'argent amassé depuis des générations une fête où furent conviées quantité de personnes qui n'ont pas eu à faire valoir un titre ou une position sociale, ni le moindre fait d'arme ! Mon père avait été furieux d'assister malgré lui à cette fête « débridée » !

Une sacrée empoignade de fantômes s'ensuivit, mais je pris facilement le dessus. Il le fallait pour l'enfant à naître, l'enfant de Nathalie. Un garçon qui fera ses premiers pas dans le château, il découvrira dans le grenier mes trésors de gamin… Mais ce qu'il préférera, ce sera la forêt toute proche.

Cet enfant montera en haut des arbres, et étudiera le monde depuis ces hauteurs.

Ceci est une autre histoire…

IL ÉTAIT UNE FOIS LE DISCO

La boîte de nuit	7
L'aspirante à la célébrité !	19
Le grand couturier	43
La star américaine	63
Scène I	73
Scène II	89
Scène III	107
Scène IV	115
Scène V	121
Scène VI	135
Scène VII	145
Scène VIII	155
Scène IX	159
Scène X	171
Scène XI	181
Scène XII	187
Scène XIII	197
Scène XIV	205
Scène XV	213
Scène XVI	225
Le récit du baron de la Villette	237